AF502233

1897 - Avril 12

Vente des Lundi 12 et Mardi 13 Avril 1897

(HOTEL DROUOT)

CATALOGUE

DE

MANUSCRITS ET MINIATURES

DU XIe AU XVIIe SIÈCLE

OUVRAGES D'ORNEMENTATION

DES XVIIe ET XVIIIe SIÈCLES

ESTAMPES

COMPOSANT

LA COLLECTION DE M. P. GÉLIS-DIDOT

PARIS

THÉOPHILE BELIN, LIBRAIRE

29, QUAI VOLTAIRE, 29

1897

CATALOGUE

DES

MANUSCRITS ET LIVRES D'ORNEMENT

COMPOSANT

LA COLLECTION DE M. P. GÉLIS-DIDOT

LA VENTE AURA LIEU

Les 12 et 13 Avril 1897

A 2 HEURES TRÈS PRÉCISES

HOTEL DES COMMISSAIRES-PRISEURS, 9, RUE DROUOT

SALLE N° 7 (au premier étage)

Par le Ministère de Me **FERNAND COUTANCEAU**, Commissaire-Priseur

7, RUE SAINTE-ANNE, 7

Et de Me **GEORGES BOULLAND**, Commissaire-Priseur

26, RUE DES PETITS-CHAMPS, 26

Assistés de **M. Théophile BELIN**, Libraire

29, QUAI VOLTAIRE, 29

Exposition Publique sous Vitrines

LE DIMANCHE 11 AVRIL, DE 2 A 5 HEURES

Exposition Particulière à la Librairie Théophile BELIN

DU LUNDI 29 MARS AU JEUDI 8 AVRIL, DE 2 A 5 HEURES

CONDITIONS DE LA VENTE

La vente se fait au comptant.

Les acquéreurs paieront 5 °/₀ en sus des enchères.

Les articles adjugés devront être collationnés sur place et dans les vingt-quatre heures de l'adjudication. Passé ce délai ou une fois sortis de la salle de vente ils ne seront repris pour aucune cause.

Les Recueils d'Estampes ayant été formés par des épreuves de marges inégales ont été remargés avec le plus grand soin.

L'expert se réserve la faculté de rassembler ou de diviser les lots.

M. Théophile BELIN, chargé de la vente, remplira les commissions des personnes qui ne pourraient y assister.

CATALOGUE

DE

MANUSCRITS ET MINIATURES

DU XIe AU XVIIe SIÈCLE

OUVRAGES D'ORNEMENTATION

DES XVIIe ET XVIIIe SIÈCLES

ESTAMPES

COMPOSANT

LA COLLECTION DE M. P. GÉLIS-DIDOT

PARIS

THÉOPHILE BELIN, LIBRAIRE

29, QUAI VOLTAIRE, 29

—

1897

ORDRE DES VACATIONS

PREMIÈRE VACATION

Le Lundi 12 avril 1897.

	Numéros.
Miniatures	27– 89
Manuscrits	1– 13
Ornements	149–160
— Œuvre de Marot	161
—	162–171
— Arabesques de Watteau	172
—	173–188
— Œuvre de Pillement	189–190
—	191–215
— Meubles de Delafosse	216

DEUXIÈME VACATION

Le Mardi 13 avril.

Miniatures	90–148
Manuscrits	14– 26
Ornements	221–226
— Œuvre de Lalonde	227
—	228–232
— Œuvre de Ranson	233
—	234–236
— Arabesques de Fay et Prieur	237
—	238–243
Recueil de Peintures artistiques	244
Archéologie, Topographie, Histoire	245–265
Ornements	217–218
— Meubles de François Boucher fils	219–220

CATALOGUE

DES

MANUSCRITS ET LIVRES D'ORNEMENT

COMPOSANT

LA COLLECTION DE M. P. GÉLIS-DIDOT

MANUSCRITS

I. — LIVRES MANUSCRITS

1. Antiphonaire du XIIe siècle. Petit in-fol., cart. vélin.

Manuscrit de 94 ff. sur vélin à longues lignes, fort intéressant pour la paléographie du XIIe siècle et provenant du célèbre prieuré de SAUVIGNY en Bourbonnais.

Quelques raccommodages et lacune de deux feuillets dans le sixième cahier.

2. Évangéliaire latin du XIIIe siècle. Petit in-fol. de 108 ff. à 2 col., veau fauve.

Précieux manuscrit sur vélin provenant de l'ABBAYE DE SAINT-PIERRE DE GAND. Son ornementation des plus caractéristiques consiste en DOUZE belles lettres initiales (la dixième a été enlevée et remplacée par un morceau de vélin), peintes en forme d'arabesques, en or et en couleurs.

L'ouvrage débute par 6 ff. liminaires, suivis des quatre Évangiles : selon S. Mathieu, 29 ff. ; — selon S. Marc, 18 ff. ; — selon S. Luc, 33 ff.; — et selon S. Jean, 22 ff.

La reliure a dû porter les armoiries d'un abbé de Saint-Pierre dont on voit encore la mitre et la crosse. Ces armoiries ont été grattées.

De la bibliothèque de Jean de MEYER DE GAND.

3. **Acta Apostolorum. Pet. in-fol., réglé, basane.**

Manuscrit du XIIIe siècle, calligraphié sur trois colonnes, et comprenant 158 feuillets de vélin enluminés de DIX jolies lettres arabesques.

Divisé en plusieurs parties, les *Actes des Apôtres* proprement dits occupent les 75 premiers feuillets; les *Actes de S. Jacques*, les ff. 76 à 86, ceux de *S. Pierre*, les ff. 87 à 105; ceux de *S. Jean*, les ff. 106 à 117, et ceux de *S. Jude*, les ff. 120 à 123. *L'Apocalypse* termine le volume qui a, quoique très bien conservé, quelques feuillets raccommodés comme la plupart des manuscrits de ce temps.

4. **Epistolæ S. Pauli, cum commentario. In-fol. de 16 ff. à 2 col., lettres ornées, demi-rel. mar. brun.**

Précieux fragment d'un manuscrit sur vélin exécuté vers la fin du XIIIe siècle, et provenant de la bibliothèque des chanoines de MARBACH, dans l'Alsace supérieure (aujourd'hui royaume de Wurtemberg).

Il est orné de VINGT-CINQ grandes initiales en or et en couleurs, d'une richesse et d'une beauté hors ligne. L'ornementation de chacune d'elles est différente.

Au bas de la première page on lit cette note relative à la provenance du volume : *Commentarius in ep'las s. Pauli ex bibliotheca Canonica Marbacensis in Alsatia superiore inter dispersos hinc inde libros et manuscripto repertus ab ejusdem Canonicæ Priore Petro anno* 1646.

5. **MISSALE ECCLESIÆ ATTREBATENSIS.** *S. l. n. d.*, **pet. in-4, vélin.**

Manuscrit de 75 ff. réglés sur vélin; fragment d'un charmant petit missel exécuté pour l'église d'Arras, dans la première moitié du XIVe siècle. Son ornementation, due à un très habile artiste enlumineur français, comprend VINGT ET UNE miniatures sous forme d'initiales historiées.

Ces miniatures peintes sur fonds quadrillés représentent : 1. *la Nativité et l'Annonciation aux bergers;* — 2. *la Mort de la Vierge;* — 3. *plusieurs saintes : Ste Catherine, Ste Marguerite, etc.;* — 4. *l'Élévation du saint Sacrement;* — 5. *l'Office des morts;* — 6. *l'Adoration des Mages;* — 7. *la sainte Vierge et l'Enfant-Jésus;* — 8. *la Pentecôte;* — 9. *la Nativité de S. Jean-Baptiste;* — 10. *le Triomphe de l'Église;* — 11. *la Célébration de la Messe;* — 12. *la Trinité;* — 13. *l'évangéliste S. Mathieu;* — 14. *un saint Evêque;* — 15. *l'Ascension;* — 16. *la Résurrection;* — 17. *S. Paul;* — 18. *S. Vaast, évêque d'Arras;* — 19. *la Toussaint;* — 20. *Ste Hélène;* — 21. *un saint confesseur.*

L'on peut dire avec le rédacteur du catalogue de la bibliothèque de M. FIRMIN-DIDOT, d'où provient ce petit joyau, qu'il « offre un des spécimens de ce que l'art français du XIVe siècle a produit de plus parfait par la noblesse du style et la finesse de l'exécution ».

6. **Psalmorum Davidis.** *S. l. n. d.*, in-8, veau gris, dos orné, fil., dent. à froid, tr. dor.

Manuscrit de 94 feuillets à 2 col., sur vélin, sign. par 12; ornementé par le très beau talent d'un enlumineur français du XIVe siècle, de VINGT-QUATRE petits médaillons circulaires d'une finesse extrême, représentant les signes du Zodiaque et les occupations ou les distractions champêtres de chaque mois de l'année, peints sur des fonds quadrillés d'or; et de HUIT délicieuses lettres historiées peintes également avec la plus grande délicatesse sur des fonds d'or ou sur des fonds quadrillés de couleurs. Ces dernières miniatures sont pour la plupart des interprétations de psaumes et nous montrent : 1. La Vierge assise, couronnée par un ange et tenant l'Enfant-Jésus; devant elle, une princesse à genoux lui offre, sous la forme d'un château, les biens passagers de ce monde. — 2. David placé près d'une tour défendue par des archers et d'où sort un chevalier tout armé. Ce sujet fait allusion au § 3 du Ps. XXVI : « *Si consistant adversum me castra : non timebit.* » — 3. Deux compartiments. Dans le premier, David devant le Seigneur; dans le second, un avare enfermant ses richesses sous l'inspiration du démon : « *Thesaurizat et ignorat cui congregabit ea* » (Ps. XXXVIII, § 7). — 4. David agenouillé entre un fou et un orgueilleux : « *Dixit insipiens in corde suo : non est Deus* » (Ps. LII, § 1). — 5. Le Seigneur sauvant le roi naufragé : « *Salvum me fac Deus : quoniam intraverunt aquæ usque ad animam meam* » (Ps. LXVIII, § 2). — 6. Un Concert religieux : « *Sumite psalmum, et date tympanum : psalterium jucundum cum citharâ...* » (Ps. LXXX, § 2 et 3). — 7. L'Adoration des bergers (Ps. XCV). — 8. La sainte Trinité.

Toute cette décoration offre un ensemble des plus parfaits et des plus harmonieux.

Malheureusement, la marge inférieure du feuillet 56 a été enlevée et une lacune de plusieurs feuillets existe dans le sixième cahier. La fin de ce psautier est également incomplète ; ce qui, sans ces défauts, en ferait un des plus beaux spécimens de cette époque.

7. **Le Roman de la Rose, par Guillaume de Lorris et Jean de Meung.** In-fol. de 144 ff. à 2 col., mar. brun.

Beau manuscrit sur vélin, de la première moitié du XIVe siècle, et sans doute peu postérieur à Jean de Meung, continuateur de l'œuvre de Guillaume de Lorris. Il est orné d'UNE grande miniature et de VINGT-SIX petites à fond d'or. La plus grande, placée en tête du volume, est divisée en quatre compartiments contenant chacun un sujet indépendant. La page entière est entourée d'un cadre historié. Ces peintures sont d'un dessin ferme et expressif; quelques-unes ont un peu souffert.

Le poème débute par ce titre calligraphié en rouge :

Co est li romans de la rose
Ou lart damours est toute éclose :

Notre texte est en général très correct et offre beaucoup de leçons préférables à celles des éditions imprimées. Les chapitres ne sont précédés que de simples sommaires en prose, tandis que dans des manuscrits de date plus récente, ils sont souvent en vers.

Jolies initiales fleuronnées, en or et en couleurs.

8. Les Commentaires de César. Pet. in-fol., cart. vélin.

Fragment d'un manuscrit sur vélin du commencement du XIVe siècle, composé de 10 feuillets à 2 colonnes et ornementé de NEUF curieuses miniatures à fonds d'or, ou à fonds quadrillés, très intéressantes par les costumes civils et militaires qu'elles représentent.

9. Incipit liber Aristotelis de secretis secretorum sive de regimine principum vel regum vel dominorum. *S. l. n. d.*, pet. in-fol. de 44 ff. réglés, basane.

Manuscrit français du XIVe siècle des plus intéressants, calligraphié sur peau de vélin et orné sur son premier feuillet d'une jolie bordure accompagnée d'une très belle et très fine miniature de 90 millimètres de côté, représentant Aristote offrant son ouvrage au roi Alexandre le Grand, son disciple, qui lui en avait, d'après la légende, demandé l'exécution. Ce livre cependant passe généralement pour être supposé, et son véritable auteur serait le clerc Philippe, qui se désigne, dès les premiers mots, comme ayant traduit l'ouvrage de l'arabe, à la requête de Guy de Valence, évêque de Tripoli.

Un autre intérêt qu'offre encore ce manuscrit, c'est que le calligraphe, Yvon Lomme, qui l'a transcrit, s'est fait connaître à la fin du volume en signant l'*explicit*; particularité curieuse assez rare à rencontrer, et que remarquent toujours les paléographes.

10. Incipit Officium beatæ Virginis secundum curia [Romanæ]. *S. l. n. d.*, pet. in-8, basane.

Petit manuscrit italien de la fin du XIVe siècle, comprenant 58 feuillets sur vélin (dont un blanc), orné de CINQUANTE-SEPT bordures formées par des ornements où entrent un grand nombre de figures grotesques, se rattachant à autant de lettres historiées sur fonds d'or, dont la plupart donnent, en buste, la représentation de la Vierge et des saints, et aussi de personnages civils et religieux.

8 feuillets d'une écriture postérieure ont été ajoutés à la fin du volume.

11. Horæ. *S. l. n. d.*, pet. in-4, mar. vert, dos orné, dent., tr. dor. (*Rel. anc.*)

Manuscrit anglais de 171 feuillets, sur peau de vélin, exécuté au commencement du XVe siècle et orné de VINGT-CINQ miniatures très originales, dont :

DIX-NEUF grandes entourées par de très jolis encadrements formés de fleurs, de fruits, de rinceaux de feuillages, d'animaux grotesques posés sur des fonds d'or mat et de couleur.

Elles représentent : 1. *La sainte Face.* — 2. *Le Jardin des oliviers.* — 3. *Jésus devant Pilate.* — 4. *Jésus présenté au peuple.* — 5. *Jésus portant sa croix.* — 6. *Jésus crucifié.* — 7. *La Descente de la croix.* — 8. *La Mise au tombeau.* — 9. *La Pentecôte.* — 10. *L'Annonciation.* — 11. *La Nativité.* 12. *L'Annonciation aux bergers.* — 13. *L'Adoration des mages.* — 14. *La Présentation au temple.* — 15. *La Fuite en Égypte.* — 16. *La Mort de la Vierge.* — 17. *Le Couronnement de la Vierge.* — 18. *Bethsabée au bain.* — 19. *L'Enfer.* Et six moyennes ou petites miniatures : 20. *La Vierge à l'enfant.* — 21. *Jésus descendu de la croix.* — 22. *L'Arrestation de Jésus.* — 23. *La Salutation angélique.* — 24. *La Vierge assise* — et 25. *La Visitation.* Deux de ces dernières miniatures (nos 20 et 22) ont été peintes isolément et réappliquées sur les feuillets où elles sont placées.

L'ornementation se complète par des bordures, et des lettrines rubriquées, exécutées en très grand nombre et avec un goût tout particulier.

12. Heures en latin et en français. *S. l. n. d.*, in-8. vélin à recouvrements, tr. dor.

Manuscrit de 169 feuillets sur vélin, exécuté au xve siècle, et dont l'ornementation est due à un artiste miniaturiste français de cette époque. Elle comprend, outre de nombreuses petites initiales et fins de lignes de toutes nuances, TREIZE miniatures de 75mm de hauteur sur 60mm de largeur en moyenne, la presque totalité sur des fonds quadrillés et entourées de magnifiques bordures en or et en couleur. Ces miniatures ont pour sujets : 1. *L'Annonciation.* — 2. *La Visitation.* — 3. *La Nativité.* — 4. *L'Annonciation aux bergers.* — 5. *La Présentation au temple.* — 6. *La Fuite en Égypte.* — 7. *Le Couronnement de la Vierge.* — 8. *La Crucifixion.* — 9. *La Pentecôte.* — 10. *Le roi David.* — 11. *La Vierge et l'enfant Jésus.* — 12. *Jésus assis dans sa gloire.* — 13. *L'Office des morts.*

Ce manuscrit nous paraît incomplet du 59e feuillet.

13. Comincia il libro degli ammaestiamenti degli antichi, composto e facto e volgariçato per frate Bartholomeo da sancordio pisano, del ordine d'frati predicatori. *S. l. n. d.*, pet. in-fol., veau gris, dos orné, double rangée de fil. à froid.

Très curieux manuscrit italien du xve siècle, sur vélin, de 60 ff. calligraphiés sur 2 colonnes, ornementé, à son début, d'un bel encadrement et de deux jolies lettres historiées sur fond d'or poli, et à tous ses autres feuillets d'un très grand nombre de lettrines rubriquées en couleur, de formes les plus variées.

Cet ouvrage du frère Barthélemy de Pise n'est autre qu'un traité de morale pratique, dont les deux feuillets liminaires nous font connaître l'esprit et l'ordre dans lequel il a été conçu : De la naturelle disposition du corps et de l'âme; — de la manière de vivre et d'être vertueux; — des choses rares et chères; — de la santé; — de la condition des personnes; — de la prière; — de l'étude; — de la manière de bien dire; — de la prudence; — du respect des morts; — de la fidélité à la parole donnée; — des péchés mortels; — du vice des femmes, etc., etc.

Un cachet de bibliothèque a été habilement enlevé sur la marge inférieure du premier feuillet.

14. Le Secret de l'histoire naturelle. Pet. in-fol., cart. vélin.

Précieux fragment manuscrit en 55 feuillets, d'un curieux traité des merveilles de la nature que l'on trouve en toute la terre. Son illustration extrêmement belle est due à un enlumineur du duc de Berry, et a été exécutée au commencement du XVe siècle. Elle comprend VINGT-TROIS miniatures insérées dans un texte calligraphié à longues lignes, et sont peintes dans une tonalité claire, avec rehauts d'or, où le gris, le vert et l'azur dominent, et font de ces miniatures autant de charmants petits tableaux. Parmi les très singuliers sujets représentés par l'artiste, signalons entre autres : les femmes du Malabar venant nues partager le bûcher de leur époux (f. 36); — le baptême de sang par un magicien provençal (f. 56); — l'Ile de Thulé où « on voit le soleil continuellement par l'espace de six mois » (f. 68); — la chasse aux escargots géants (f. 68), etc., etc. Ces peintures sont remarquables par la finesse de leur exécution, et tous les personnages ainsi que les animaux et les sites représentés offrent un intérêt capital pour l'Ethnographie dont ce curieux manuscrit est un des premiers essais.

15. Missel. In-fol., cart.

Très beau fragment d'un manuscrit italien du XVe siècle, de 32 feuillets à 2 colonnes, sur vélin, ornementé, à toutes ses pages, de splendides bordures se terminant en rinceaux, et de belles initiales à fond d'or, d'une composition aussi riche qu'élégante et d'un éclat incomparable de fraîcheur.

16. La Vie de sainte Marguerite, en vers. *S. l. n. d.*, pet. in-8, mar. rouge, dos orné, fil., tr. dor. (*Lortic.*)

Manuscrit de 21 ff. réglés, sur vélin, exécuté vers le milieu du XVe siècle. La première page est entourée par un bel encadrement peint en or et en couleurs, et formé d'un enchevêtrement de feuillages, de fleurs et de fruits. Le texte est un poème, sans aucun titre, en l'honneur de sainte Marguerite. Il débute par les vers suivants :

Après la sainte passion,
Jésus-Christ, à l'ascention
Quant il fut au ciel montés
Furent aucuns de grant bonté
De meurs et de religion,
Après la prédication
Des apostres et des martyrs.
. . . .
Par tout alorent les nouvelles
De une pucelle petite
Qui avait nom Marguerite.

Et se termine par ceux-ci :

Or deprions tout pucelle
Marguerite la Dieu ancelle
Que pour nous prye son créateur
Qu'en cest ciecle nous doint honneur.
Et nous doint si maintenir
Que nous puissions tous parvenir
Lassus en paradis tout droit
Dittes amen ! que Dieu nous l'ottroit amen.

De la bibliothèque Firmin-Didot.

17. **Psalmorum Davidis.** *S. l. n. d.*, pet. in-4 de 210 ff. réglés, à longues lignes, velours grenat.

Beau manuscrit sur vélin, exécuté dans la seconde moitié du xve siècle et ornementé, par un artiste français, de neuf magnifiques bordures formées par un assemblage de branchages d'or, de fleurs, de fruits et de rinceaux de toutes nuances. Chacune de ces bordures est accompagnée d'une grande et belle initiale sur fond d'or; la dernière, en outre, encadre une miniature d'une très grande finesse d'exécution et du plus haut intérêt pour l'iconographie parisienne, en ce qu'elle nous donne la représentation, vers 1480, d'une inhumation dans le célèbre cimetière des SS. Innocents, dont le porche de l'église forme tout le côté droit de la peinture, et les charniers, avec leur étage de débris humains, le fond de la perspective. Le centre et la gauche sont occupés par une nombreuse assistance où se voient, dans leur costume de grand deuil, deux femmes éplorées, qu'un personnage richement vêtu semble arrêter du geste, Devant eux une fosse ouverte dans laquelle deux hommes descendent un corps cousu dans son blanc linceul. Le clergé chante les derniers psaumes des morts et s'apprête à jetter la dernière pelletée de terre. A droite devant le porche, deux porte-cierge revêtus de leur costume funèbre viennent achever l'ensemble de cette belle composition, aussi douce dans la tonalité de son coloris qu'harmonieuse dans la conception de ses lignes.

Une multitude de lettrines et de fins de lignes en or et en couleurs complètent heureusement la décoration de ce curieux manuscrit.

Deux des bordures ont été quelque peu maculées, et cinq feuillets ont leurs marges inférieures raccommodées.

18. **VALÈRE MAXIME. De Dictis et factis memoralibus. Traduction de Simon de Hesdin et de Nicolas de Gonesse.** *S. l. n. d.*, in-fol., veau brun, dos orné, fil. (*Rel. anc.*)

Très beau et très intéressant manuscrit français de la seconde moitié du xve siècle, comprenant 264 et 155 feuillets à 2 colonnes sur vélin, illustré de sept miniatures, quatre grandes entourées par de jolies bordures à rinceaux, et trois petites ou moyennes, d'une exécution remarquable.

Ces miniatures ont pour sujets : 1° Diverses scènes augurales dans la ville de Rome : consultation du vol des oiseaux, des entrailles d'un agneau, offrandes aux dieux, etc. (f. 1). — 2° Un mariage et un repas somptueux dans une demeure seigneuriale (f. 73). — 3° Une ville assiégée : à l'extérieur, un combat près de s'engager pour la défense d'un pont; à l'intérieur, un conseil assemblé dans une salle et un attroupement devisant sur la place publique (f. 137). — 4° Alexandre vainqueur de Porus sur les bords de l'Hydaspe (f. 185). — 5° Clémence d'un prince (f. 218 v.). — 6° La mort de Lucrèce (f. 256 v.) — 7° Un prince agenouillé devant la statue de Minerve. (f. 19, 2e partie). Toutes ces miniatures ont été peintes par un très grand artiste enlumineur, la beauté des personnages, leurs costumes, la finesse des détails, l'éclat des couleurs, font de ce manuscrit un précieux document pour l'art français à la fin du xve siècle.

Écrit par deux mains différentes, la première partie de ce livre comprend 264 ff., la seconde, 155 ff. avec leur ancienne numération. Les dernières lignes de l'ouvrage nous font connaître que « Symon de Haydyn » commença « cette translation » mais l'abandonna au viie livre, et qu'elle fut reprise par Nicolas de Gonesse et terminée par lui « l'an mil ccc [c] et ung, la veille Saint-Michel l'archangele ». Le scribe ayant omis un c dans la date de 1401, l'auteur d'une note ms. moderne, placée en tête du volume, s'est mépris en se conformant rigoureusement au texte donnant 1301. Cette souscription ne donne d'ailleurs pas la date réelle du manuscrit; elle a été simplement copiée sur un manuscrit antérieur.

Aux armes de Nicolas-Joseph Foucault, conseiller au Parlement de Paris et membre de l'Académie des Inscriptions.

19. HORÆ. *S. l. n. d.*, in-8, velours violet, coins et fermoirs de cuivre.

Magnifique manuscrit sur vélin, d'une très grande richesse, exécuté en France avant 1488.

Il se compose de 59 feuillets ornés de 12 miniatures au calendrier, de 8 grandes, de 4 moyennes et de 4 petites dans le texte, et de 88 miniatures marginales, dont 23 avec des sujets de la Danse des Morts. Soit un ensemble de cent seize miniatures.

Le calendrier, débutant à la seconde page, est divisé en deux colonnes, renfermant chacune un mois; son illustration, enchâssée dans les encadrements des marges, offre les sujets traditionnels empruntés à la vie rurale.

Les deux feuillets suivants, contenant le début des quatre évangiles, sont ornés dans le texte de petites miniatures représentant *les Symboles des évangélistes*, eux-mêmes figurant en pied, en camaïeu or, dans la bordure latérale.

Puis vient une miniature moyenne, *la Vierge et l'enfant Jésus*, et une seconde ayant pour sujet *Adam et Ève dans le Paradis terrestre*.

Les miniatures marginales qui décorent les pages suivantes sont d'un grand intérêt pour la symbolique chrétienne. Elles accompagnent l'Oraison dominicale inscrite sur des phylactères dans la marge inférieure, et représentent les *Vertus théologales* et les *Vertus cardinales*. La première (il doit manquer ici un feuillet) est debout sur le sommet d'un four ardent, elle personnifie *la Charité*. La seconde, *la Tempérance*, est placée sur un moulin à vent et porte une horloge sur la tête. La troisième représente *la Justice*, armée du glaive d'une main et tenant la balance de l'autre. La quatrième, *la Prudence*, porte un cercueil sur sa tête, un sac d'argent est sous ses pieds. La cinquième, *la Force*, étouffe un dragon contre sa poitrine ; une boîte surmontée d'un marteau est posée sur son chef. Puis viennent *saint Pierre, le roi David, saint André, saint Jacques le Majeur*, trois personnages bibliques vêtus richement, et une miniature moyenne : *la Visitation*.

Les 8 grandes miniatures ont pour sujets : *l'Adoration des mages ;* — *l'Annonciation aux bergers;* — *la Présentation* ; — *La Vierge assise à la droite de Dieu :* — *la Pentecôte ;* — *Uri vaincu ;* — *Bethsabée au bain ;* — *l'Heure de la mort du pécheur*. Ces trois dernières sont capitales et couvrent entièrement les pages sur lesquelles elles sont peintes. La première, qui représente une bataille où Uri perdit la vie par ordre du roi David, nous fait voir un chevalier vêtu d'une armure dorée, renversé de son cheval. (Des initiales A. V. sont gravées sur son armure et brodées sur la housse de son cheval.) L'une des deux troupes combattantes porte sur sa bannière un *léopard d'or*, l'autre a sur un fanon de trompette *une bande d'or accompagnée de deux croissants*. — La seconde nous montre Bethsabée au bain, admirée par le roi David, placé à une des croisées de son palais. — La troisième de ces dernières miniatures n'est pas moins curieuse par le symbolisme dont elle offre peut-être un exemple unique. Un homme jeune, richement vêtu, est debout au centre de la composition, les mains abaissées et croisées, dans l'attitude de la résignation. La mort s'apprête à le frapper avec un javelot, tandis que devant lui la terre s'ouvre et qu'apparaît l'Enfer, symbolisé par un monstre, la gueule béante, vomissant des flammes. Le démon, la conscience et le bon ange complètent ce tableau suggestif.

L'illustration se continue par les sujets marginaux de la *Danse des Morts*. La qualité des personnages représentés est indiquée par une inscription placée sur une banderole dans la marge inférieure : 1. *le Saint Père de Rome ;* — 2. *le Ampereur de Rome ;* — 3. *le Cardinal grec ;* — 4. *le Roy de Hongrie* ; — 5. *le Légat du pape de Rome ;* — 6. *le duc de Bretaigne ;* — 7. *le Patriarche de Antioche* ; — 8. *le Connétable de France ;* — 9. *le Archevesque de Rains ;* — 10. *le noble conte de Blais* (Blois) ; — 11. *le Evesque de Paris ;* — 12. *le Chevalier royal ;* — 13. *le Abé Saint-Benoist ;* — 14. *le Bourgeois de Aras* (Arras) ; — 15. *le Théologien ;* — 16. *le prudent homme Marchant ;* — 17. *le chanoine règle Augustin ;* — 18. *le bon loial Gentilhomme ;* — 19. *le gorgias homme de église Curé ;* — 20. *le vaillant homme d'armes ;* — 21. *le piteus homme Chartreux ;* — 22. *le Gentilhomme escuyer du roy ;* — 23. *le bon et dévot acteur*, sous le costume d'un bénédictin.

Le propre des Saints qui fait suite renferme : *saint Christophe ; saint Sébastien ; saint Laurent ; saint Martin ; saint Nicolas*, et *saint François recevant les stigmates*.

Toutes les autres pages, sans exception, ont sur les côtés, des bordures d'une ornementation aussi riche que variée. Dans un certain nombre d'entre elles figurent des banderoles avec des sentences morales ou religieuses.

Quant à la date d'exécution énoncée précédemment et fixée antérieurement à 1488, elle est déduite de ce fait que l'artiste a fait figurer dans la danse des morts un duc de Bretagne; or, le dernier duc, François II, père d'Anne de Bretagne, mourut à cette date. Le comte de Blois, pourrait désigner le futur roi Louis XII.

En résumé, nous pouvons dire que l'aspect général de ce manuscrit est tout particulier, et que les grandes miniatures sont l'œuvre d'un artiste supérieur.

Quatre feuillets d'armoiries, peintes sur vélin, de seize familles allemandes du XVIIe siècle, ont été ajoutés, et servent de gardes à ce très beau volume.

20. Horæ. *S. l. n. d.*, in-8, velours vert, tr. dor.

Beau manuscrit français de la fin du XVe siècle, de 127 ff. sur peau de vélin. Son ornementation des plus remarquables, due à un artiste de l'école de Jehan Fouquet, comprend VINGT-CINQ miniatures, 12 grandes et 13 petites, des bordures composées par des rinceaux de feuillages, de fleurs et de fruits, par des petits personnages grotesques, des animaux fantastiques, des oiseaux, etc., et un très grand nombre de lettrines et de fins de lignes rubriquées en or et en couleur.

Voici une nomenclature complète des douze grandes miniatures, toutes comprises dans des encadrements à portiques :

1. *L'évangéliste saint Luc;* — 2. *l'évangéliste saint Mathias;* — 3. *l'évangéliste saint Marc;* — 4. *la Trahison de Judas;* — 5. *la Vierge et l'enfant Jésus;* — 6. *la Descente de croix;* — 7. *l'Annonciation*; — 8. *la Visitation;* — 9. *la Pentecôte*; — 10. *l'Annonciation aux bergers;* — 11. *la Présentation;* — 12. *David et Goliath.*

Ces DOUZE grandes miniatures offrent, en particulier, par la finesse de leur exécution et leur harmonie, un des plus beaux spécimens de l'art français au XVe siècle. Tous les personnages ont été traités par l'enlumineur avec autant de grâce que de noblesse, et ce manuscrit serait, s'il n'était malheureusement incomplet de plusieurs feuillets dans le calendrier et au commencement du texte, un des livres d'heures les plus précieux que l'on puisse rencontrer.

Les TREIZE petites miniatures ont pour sujets : 1. *Saint Joachim et sainte Anne à la porte dorée;* — 2. *sainte Véronique*; — 3. *saint Pierre et saint Paul;* — 4. *saint Jacques le Majeur;* — 5. *saint Christophe;* — 6. *saint Sébastien*; — 7. *saint Nicolas;* — 8. *saint Grégoire;* — 9. *saint Claude;* — 10. *sainte Catherine;* — 11. *sainte Barbe;* — 12. *sainte Apoline;* — 13. *La Salutation angélique.* Exécutées dans le même style que les grandes, elles sont, comme elles, peintes généralement soit sur des fonds azurés représentant de gracieux et pittoresques paysages, soit sur des fonds d'intérieurs du plus riche effet.

La cinquième grande miniature offre un intérêt tout particulier, en ce quelle nous donne, dans le personnage agenouillé, l'image de celui pour qui ce manuscrit a été exécuté. Son nom pourrait être déterminé par les nombreux chiffres N. I. répandus à profusion dans les bordures, et par les armoiries qui se voient brodées sur son hoqueton : *d'azur, à la fasce d'or, accompagnée de trois soleils de même, 2 en chef, 1 en pointe.*

21. **Officium beate Marie Virginis.** *S. l. n. d.*, **in-8, veau brun, dos orné, dent. et milieux à froid, gardes de moire bleue.**

Manuscrit sur peau de vélin, de la fin du XVe siècle, formé de 110 feuillets réglés (dont un blanc), orné à chaque page d'une jolie bordure variée, composée par des enlacements de feuillages, de fleurs et de fruits; d'un très grand nombre d'initiales et de fins de lignes rubriquées en or et en couleurs.

Mais son intérêt principal consiste en une série de VINGT-SIX miniatures mesurant 80 millim. de hauteur sur 70 millim. de largeur, dues au pinceau d'un artiste de l'école de Touraine et peintes sur des fonds représentant des paysages ou des intérieurs. 1. *L'évangéliste S. Jean;* — 2. *L'évangéliste S. Luc;* — 3. *L'évangéliste S. Mathieu;* — 3. *L'évangéliste S. Marc;* — 5. *La Vierge tenant l'enfant Jésus;* — 6. *Sainte Anne tenant la Vierge Marie;* — 7. *L'Annonciation;* — 8. *La Visitation;* — 9. *La Nativité;* — 10. *L'Annonciation aux bergers;* — 11. *L'Adoration des rois mages;* — 12. *La Présentation;* — 13. *La Trahison de Judas;* — 14. *Jésus devant Pilate;* — 15. *Jésus couronné d'épines;* — 16. *Jésus conduit au Calvaire;* — 17. *La Pentecôte;* — 18. *David et Goliath;* — 19. *Les trois vifs et les trois morts;* — 20. *Saint Sébastien;* — 21. *Saint Jean-Baptiste;* — 22. *L'apôtre Saint Jean;* — 23. *Sainte Catherine;* — 24. *Saint Laurent;* — 25. *Sainte Barbe;* — 26. *La Mater dolorosa.*

Les ff. préliminaires sont encore enluminés de DOUZE petites miniatures à double compartiment : signes du zodiaque et occupations de chaque mois auxquelles elles se rapportent.

Ce curieux et intéressant manuscrit fut exécuté pour une personne qui s'est désignée par des armoiries : *mi-parti, au 1, d'azur au chevron cousu de sable : au chef emmanché d'or. — au 2, d'azur à trois étoiles d'or posées 2, et 1,* et que l'on trouve répété au bas de 5 feuillets. Sa devise « Je quiers mon mieulx » se lit également au milieu de plusieurs bordures.

A la fin on lit une note ms. contemporaine : « Donné à M. l'abbé Desmazures en 1821 par M. le docteur Alibert, premier médecin ordinaire du Roi. »

22. **Missel d'Antoine Scarampa, évêque de Nole. In-fol. de 264 ff., velours rouge brodé, tr. dor. et ciselée.**

Manuscrit italien de la fin du XVe siècle, daté de 1488 et exécuté sur vélin pour Antoine SCARAMPA, évêque de Nole, dont le nom se lit dans la bordure de la grande miniature du f. 163.

Ce missel débute, après les liminaires, par une jolie lettre historiée ayant pour sujet le roi David, et par un encadrement d'une riche et belle

2

conception, contenant dans sa partie inférieure des armoiries, *de gueules à quatre pals d'or*, qui ne sont pas celles d'Antoine Scarampa, mais d'un possesseur ultérieur. L'évêque de Nole devait porter, d'après ce que l'on en aperçoit encore, *d'or à trois fasces de sable*. Ces armoiries sont répétées dans la bordure de la grande et belle miniature de la p. 163. Cette miniature représente au centre d'un splendide paysage, limité à gauche par une ville en amphithéâtre (Nole, au royaume de Naples, sans doute), Jésus sur la croix assisté de la Vierge Marie et de l'apôtre Saint Jean. La finesse de ses détails, l'expression de ses figures, son coloris, son magnifique encadrement en font une pièce tout à fait hors ligne.

L'ornementation se complète par une nombreuse série de lettres initiales, dont TRENTE-CINQ sont reliées à des bordures se terminant en rinceaux; plusieurs d'entre elles sont d'intéressantes petites miniatures à sujets religieux variés.

La date d'exécution de ce beau manuscrit, citée plus haut, se voit, peinte en chiffres blancs, sur un petit cartouche latéral, au verso du f. 122.

La reliure, d'une époque plus récente, porte sur ses plats les armes brodées d'un cardinal de MÉDICIS.

23. **Incipit officium gloriosissime domine nostre Virginis Marie Secundum consuetudinem romane ecclesie.** *S. l. n. d.*, pet. in-8, mar. rouge, dos orné, fil., coins remplis, milieux, gardes de vélin blanc, tr. dor. (*Belz-Niedrée.*)

Charmant petit manuscrit italien du commencement du XVe siècle. Il se compose de 176 feuillets de vélin (dont quatre blancs) ornés d'un très grand nombre de bordures formées de fleurs et d'oiseaux; de lettrines d'or sur fonds rubriqués; d'une miniature à pleine page placée au commencement du manuscrit et représentant *sainte Catherine*, avec cette inscription dans la marge inférieure : « Martinus me fecit »; d'une petite miniature à quatre personnages : *la Visitation;* et de DOUZE jolies lettres historiées dont les pages, où elles sont peintes, sont entourées d'un très bel encadrement composé de rinceaux au milieu desquels se jouent de jeunes enfants ailés, des animaux grotesques, des oiseaux, etc. Ces douze petites miniatures ont pour sujets : *La Vierge à l'enfant*. (Dans le bas de l'encadrement de cette page se voient, au milieu d'un cercle d'or, les armoiries d'une dame pour qui, certainement, le manuscrit fut exécuté : *parti au 1er de gueules diapré d'or, à la bande d'or, chargée de trois fers de cheval d'azur, cloutés d'argent; au 2me, d'azur à la gerbe de blé d'or*); — *un Saint;* — *Sainte-Catherine;* — *Sainte Barbe;* — *Saint Michel Archange;* — *Une Sainte;* — *Dieu le Père;* — *Une Martyre;* — *Le roi David;* — *L'Office des morts;* — *Un Apôtre;* — *Jésus Crucifié.*

Le nom de Martin, qui se lit au début et que nous avons signalé, doit être indubitablement celui de l'artiste enlumineur à qui nous devons l'ornementation délicate de ce petit manuscrit.

24. **HEURES DE NOSTRE DAME** tout au long sans requerir à l'usaige de Romme. In-8 de 146 ff. en lettres rondes, chagrin noir, tr. dor., fermoirs, étui. (*Rel. anc.*)

Magnifique manuscrit du XVIe siècle, exécuté sur vélin pour Germaine Ballue de Villepreux, dame d'Alençon. Ce livre d'Heures, d'une très grande richesse, doit sa belle et superbe illustration à un artiste français de cette époque. Elle comprend dix-huit grandes miniatures à pleine page, limitées par des encadrements formés de colonnettes, de frontons et de soubassements architectoniques d'or, et ayant pour sujets : 1. *L'Évangéliste saint Jean.* — 2. *Jésus au jardin des Oliviers.* — 3. *La dame d'Alençon entourée de ses saints patrons, saint Germain, saint Christophe et sainte Barbe.* — 4. *L'Annonciation.* — 5. *La Visitation.* — 6. *La Crucifixion.* — 7. *La Pentecôte.* — 8. *La Nativité.* — 9. *L'Adoration des bergers.* — 10. *L'Adoration des mages.* — 11. *La Présentation au temple.* — 12. *La Fuite en Égypte.* — 13. *Le Couronnement de la Vierge.* — 14. *Bethsabée au bain.* — 15. *Job et ses amis.* — 16. *La Sainte Trinité.* — 17. *Le Triomphe de la Vierge.* — 18. *La Vierge à la donatrice* (Mme d'Alençon). Et quarante-deux petites miniatures pour le propre des saints, représentant : *saint Luc, saint Matthieu, saint Marc, sainte Véronique, la Madeleine au pied de la croix, Dieu le Père, le saint Sacrement, l'archange saint Michel, l'archange Gabriel, saint Jean-Baptiste, saint Jean l'évangéliste, saint Pierre et saint Paul, saint André, saint Jacques le Majeur, saint Jacques le Mineur et saint Philippe, saint Étienne, saint Laurent, saint Christophe, saint Sébastien, saint Nicolas, saint Claude, saint Antoine, saint Antoine de Padoue, saint François d'Assise, saint Germain, saint Martin, saint Denis, saint Roch, saint Jérôme, saint Blaise, les saints Confesseurs, sainte Anne, sainte Marie-Madeleine, sainte Marguerite, sainte Catherine, sainte Barbe, sainte Apolline, sainte Geneviève, sainte Marthe et sainte Avoye.*

Cet ensemble remarquable de soixante miniatures, en fait un petit monument des plus complets et des plus précieux pour l'art de cette époque, si féconde en tout genre.

Le texte, calligraphié en lettres rondes, est encore orné d'une multitude de petites lettres initiales rubriquées en or et en couleurs, et le calendrier, composé des 12 premiers feuillets, nous donne à la fin de chaque mois autant de quatrains moraux, appropriés à chacune de ces phases de l'année.

Une note héraldique et généalogique moderne, placée à la fin du volume, nous fait connaître l'ascendance de Germaine Ballue de Villepreux, et son alliance avec Charles, bâtard d'Alençon. Cette note trouve sa confirmation dans les armoiries : *mi-partie au 1 d'azur à trois fleurs de lis d'or, à la bordure de gueules besantée d'argent et à la cotice de même, posée en barre et besantée également d'argent* (pour Charles d'Alençon) : *au 2 d'argent au chevron de sable (d'azur) accompagné de trois têtes de lion de gueules* (pour Mlle de Villepreux), et encore par son chiffre seul G. B., ou celui de son mari accolé au sien C. G. Comme Charles d'Alençon mourut en 1545, on peut donc présumer que ce manuscrit est seulement de quelques années antérieur à cette date.

25. Antiphonarium ad usum insignis et Regalis ecclesiæ S. VINCENTII Sylvanectensis ordinis Canonicarum Regularium S. Augustini congregationis Gallicanæ. *Parisiis, in ædibus sancta Genovefæ*, 1650-1729, 4 vol. in-fol. atlant., ais de bois recouverts de peau de truie brunie, ornements à froid sur les plats.

Exécuté par les chanoines de l'abbaye de Sainte-Geneviève de Paris et offert par eux à leurs confrères du monastère de Senlis, ce superbe manuscrit contient 358 lettres historiées peintes avec le plus grand soin en couleurs variées, ou en camaïeu de toutes nuances, donnant la représentation de charmants petits paysages, de bouquets de fleurs et de scènes de l'Ancien et du Nouveau Testament. TRENTE-QUATRE belles miniatures pour les principales fêtes de l'année en complètent l'illustration.

Parmi ces dernières, signalons une peinture extrêmement intéressante pour l'histoire monumentale parisienne; elle a pour sujet un office dans le chœur de l'abbaye de Sainte-Geneviève, aujourd'hui démolie. La perspective en a été parfaitement rendue par le miniaturiste; le fond de la composition nous montre derrière une grille et au-dessus du maître autel, la châsse vénérable de la patronne de Paris. Au premier plan sont des chanoines assis dans leurs stalles et chantant l'office.

Ce livre a été supérieurement calligraphié; il compte 350 feuillets de vélin mesurant 82 centimètres de hauteur sur 52 centimètres de largeur. Parmi les noms des scribes et des enlumineurs qui participèrent à cet immense travail qui ne dura pas moins de quatre-vingts ans, on remarque ceux des RR. PP. Jacques Cousinet (1650), Antoine Gervais (1700), Gabriel Raveneau (1709) et Simon-Pierre Bazin (1729).

Une note latine, insérée dans une des parties, nous apprend encore qu'originairement cet antiphonaire ne formait qu'un seul volume, mais son poids était tel, qu'un jour il faillit écraser un des religieux chargé de le transporter; il fut alors modifié et divisé en quatre tomes.

26. Précis des Connaissances nécessaires pour la mécanique, l'hydraulique et les autres sciences relatives aux arts. *S. l. n. d.*, in-8, mar. rouge, dos orné, dent., tabis, tr. dor. (*Rel. anc.*)

Manuscrit de 1 titre, 231 pages de texte et 12 pages de table, d'une belle écriture du XVIIIe siècle. D'après une note de M. Pierre Gélis-Didot, il aurait appartenu à MONTESQUIEU, puis à Dufour, régisseur des biens de la famille de Secondat, qui l'aurait offert à M. Lenoir, du petit-fils duquel son dernier possesseur le tenait.

Les armoiries frappées sur les plats de la reliure ont été enlevées et remplacées par un morceau de maroquin circulaire; cachet sur le titre.

II. — MINIATURES ISOLÉES. — INITIALES

27. Les Quatres Évangélistes, Haut. : 130 millim. ; larg. : 85 millim.

Quatre miniatures peintes sur fonds d'or, provenant d'un manuscrit byzantin du IXe siècle.

28. La Résurrection de Lazare. Haut. : 181 millim. ; larg. : 126 millim.

Précieuse miniature sur vélin, du IXe ou du Xe siècle, provenant d'un manuscrit byzantin, dont un fragment, en caractères grecs, est au verso, encadré dans un portique à trois colonnes. Cette miniature représente Jésus, entouré de ses disciples, apposant, devant une foule de spectateurs, la main droite sur la tête de Lazare qui se lève de son tombeau.

29. Saint Jean-Baptiste devant le tétrarque Hérode Antipas. Haut. : 149 millim. ; larg. : 154 millim.

Superbe et précieuse miniature sur vélin, décorant une page d'un évangéliaire grec in-folio, exécuté au Xe siècle.

Hérode est assis dans la cour de son palais attenant à une prison. Cette peinture, d'une grande finesse, est entourée d'un riche cadre, de quarante-cinq millimètres de largeur, formé de trois bordures en or et en couleurs.

30. L'Adoration des Mages. — Jésus crucifié. Haut. : 163 millim. ; larg. : 124 millim.

Deux miniatures sur vélin, peintes au recto et au verso d'un même feuillet, sur fond d'or. Elles ont appartenu à un manuscrit français du XIe siècle.

31. Jésus crucifié entouré de la Vierge, de sainte Marie-Madeleine et de l'apôtre saint Jean. Haut. : 200 millim. ; larg. : 200 millim.

Très belle initiale historiée du XIe siècle, peinte en or et en couleur sur peau de vélin.

32. Initiale du XIe siècle. Haut. : 123 millim. ; larg. : 160 millim.

Belle initiale A, formée de deux dragons adossés et d'un enchevêtrement de rinceaux, peinte sur vélin, en rouge, en bleu et en vert. Elle a appartenu à un antiphonaire de cette époque.

33. Initiales du XIe siècle, montées sur bristol.

Sept initiales avec leur texte, provenant d'un manuscrit du XIe siècle. Elles sont formées de rinceaux de couleur. Trois seulement ont leur fond peint en or.

34. Recueil d'initiales, montées sur bristol.

Vingt initiales enluminées, découpées dans une Bible du commencement du XIe siècle, offrant dans leur ornementation des caractères celtique ou anglo-saxon combinés avec des rinceaux. L'or n'a pas été employé, et l'opposition des couleurs y est faite au moyen du jaune.

35. Création de la femme. — Adam et Eve chassés du paradis. — Dieu vêtant Adam et Ève. — Repas d'Abraham et des trois Anges. — Joseph vendu par ses frères. — Miracle de Moïse devant le roi Pharaon. Haut. : 90 millim.; larg. : 60 millim.

Six belles miniatures provenant d'un missel du XIIe siècle, exécutées sur vélin par un artiste enlumineur du nord de la France. Elles sont toutes, sauf la dernière, peintes sur fonds d'or quadrillés, losangés ou diaprés.

36. Initiales de la fin du XIIe siècle.

Quatre initiales sur vélin, formées de rinceaux et peintes en couleurs, provenant d'un missel dont un fragment de texte accompagne chaque lettre.

37. Martyre de S. Étienne. — Un Saint. — Martyrs. — S. Paul. — S. Pierre. — Haut. : 80 à 100 millim.; larg. : 60 à 75 millim.

Cinq initiales historiées (H, T, S, Q, Q) d'une grande beauté, provenant d'un missel sur vélin exécuté du XIIe au XIIIe siècle, probablement dans le nord de la France. Fond d'or, ornementation dracontine, à beaux enroulements.

La seconde initiale représente un saint alité. Auprès de lui est une femme debout, et devant lui un jeune homme armé d'un arc et de flèches. Le saint tient un rouleau avec cette inscription : *Tolle arma tua, pharetram et arcum.* La troisième nous montre plusieurs corps de martyrs; la quatrième, saint Paul (Saül) avant sa conversion sur le chemin de Damas; la dernière, Dieu remettant à saint Pierre la clef de l'Église.

38. Arbre généalogique du Christ. Rouleau in-4, conservé dans une gaine en demi-rel. chagrin rouge.

Ce curieux tableau, exécuté en France au XIIIe siècle, est un assemblage de sept feuilles de vélin jointes par leurs extrémités et formant un développement de 465 centimètres de longueur sur 31 centimètres de largeur.

Sa curieuse illustration consiste en DIX miniatures des plus délicates et d'un goût archaïque des plus caractéristiques, ayant pour sujets : *Dieu bénissant et créant le monde; le péché originel; l'Arche de Noé; le Sacrifice d'Abraham; Moïse et Aaron; David et Salomon; Sédécias, dernier roi de Juda, ayant les yeux crevés par ordre de Nabuchodonosor; la Nativité; la Crucifixion* et *la Résurrection*. Toutes ces miniatures, ainsi que le texte manuscrit, sont dans un parfait état de conservation.

39. Dieu. Haut. : 275 millim.; larg. : 190 millim. — Abbé sur son siège; initiale. Haut. : 65 millim.; larg. : 45 millim.

DEUX belles et délicates miniatures françaises du XIIIe siècle sur vélin. La première est accompagnée à sa base de deux autres petits sujets représentant le *Jugement dernier* et les *Peines de l'Enfer*. La seconde se prolonge par une bordure encadrant le haut et le côté latéral du feuillet.

40. La Résurrection. — Haut. : 92 millim.; larg. : 60 millim. Monté sur bristol.

Précieuse miniature sur vélin exécutée en France au XIIIe siècle. Le sujet est entouré d'un encadrement à fleurons dorés, terminé aux angles par des médaillons renfermant des écussons armoriés. Le premier : *vairé d'or et de gueules*, pourrait bien s'appliquer à la maison de Bauffremont; le second porte : *d'argent à une fasce de gueules, surmontée d'un léopard de même;* le troisième : *d'argent à trois têtes de léopard de gueules;* le quatrième : *d'or à trois aigles d'azur*. Les soldats endormis près du tombeau, portent aussi des boucliers armoriés.

On a ajouté sur la même feuille, une charmante petite miniature peinte sur fond d'or poli (Haut. : 55 millim.; larg. : 60 millim.) Un jeune homme et une jeune femme tenant un petit chien devisent assis dans un jardin. Cette miniature a appartenu à un roman de chevalerie dont on lit un fragment au verso.

41. Scènes de la Vie de Jésus.

Suite de SIX miniatures sur vélin, exécutées en France au XIIIe siècle. Haut. : 132 millim.; larg. : 80 millim.

Elles sont d'un travail remarquable, à fond d'or et entourées d'une bordure, et ont pour sujets : 1° la *Visitation de sainte Élisabeth;* — 2° la *Présentation au Temple;* — 3° l'*Entrée à Jérusalem;* — 4° *Jésus tenté par le Démon;* — 5° *Jésus en croix;* — 6° l'*Ascension*.

42. Initiales du XIIIe siècle, montées sur bristol.

HUIT initiales en couleurs, sur vélin, formées de rinceaux composés de fleurs, de feuilles et d'animaux grotesques, provenant d'un antiphonaire exécuté au milieu du XIIIe siècle.

43. L'Adoration des Mages. — La Présentation au temple. — L'Entrée de Jésus à Jérusalem. — La Trahison de Judas. — La Flagellation. Haut. : 88 millim., larg. : 61 millim.

Cinq miniatures sur vélin exécutées au milieu du XIIIe siècle, peintes sur des fonds d'or poli à décoration architecturale, et limitées par une bordure en couleurs. Les figures de tous les personnages de ces petites scènes de la Vie de Jésus ont été traités avec un soin tout particulier par le miniaturiste.

44. Trois miniatures sur vélin, exécutées en Portugal.

Salomé dansant devant Hérode après la décollation de saint Jean-Baptiste. Haut. : 137 millim.; larg. : 139 millim. — Un souverain, suivi d'une suite nombreuse, portant la croix de saint Antoine. Haut. et larg. : 125 millim. — Un saint Évêque, tenant une palme à la main, est précédé du clergé et suivi d'une foule de peuple. Haut. : 140 millim.; larg. : 213 millim.

Peintures du XIIIe siècle, très importantes pour l'histoire de l'art portugais à cette époque.

45. Recueil d'initiales, montées sur bristol.

Quarante-quatre très fines initiales historiées et ornées, provenant d'une Bible sur vélin exécutée en France dans la seconde moitié du XIIIe siècle. Parmi les scènes bibliques qui s'y trouvent représentées, un bon nombre sont curieuses par les costumes des personnages.

46. Dieu assis sur son trône, tenant le monde et bénissant. Haut. : 217 millim. ; larg. : 147 millim.

Belle miniature de la fin du XIIIe siècle, peinte dans une ogive à fond bleu losangé, et bordé d'un encadrement en grisaille quadrillée, dont les angles sont occupés par quatre médaillons à fonds d'or poli, ayant pour sujets le symbolisme des évangélistes : l'*Ange* de saint Mathieu; l'*Aigle* de saint Jean; le *Lion* de saint Marc et le *Bœuf* de saint Luc.

47. Recueil de Lettrines historiées de la fin du XIIIe siècle.

Vingt-huit petites initiales très curieuses. Vingt-cinq d'entre elles, illustrant un fragment de psautier, offrent chacune une charmante minuscule tête de femme ou d'homme formant le fond de la lettre. Ces têtes appartiennent à tous les états de la société civile et religieuse française du XIIIe siècle, et sont surtout intéressantes par les coiffures qu'elles représentent. Une initiale plus grande nous montre Tobie, étendu sur un lit de repos, et enveloppé dans un manteau d'azur.

48. Jésus confirmant les apôtres. — Apôtre prêchant la sainte parole. — Les Apôtres se dispersant pour convertir le monde. Haut. : 40 à 57 millim.; larg. : 45 millim.

Trois jolies lettres initiales historiées exécutées au commencement du xive siècle, avec une extrême délicatesse de tons, sur des fonds d'or poli. Chacune d'elles porte une courte légende en lettres gothiques d'or, se rapportant au sujet représenté.

49. Adam et Eve tentés par le Serpent. Haut. : 66 millim.; larg. : 91 millim. — Les deux fils de Noé montrant la nudité de leur père. Haut. : 85 millim., larg. : 89 millim.

Deux miniatures du xive siècle, au trait et en grisaille. Elles sont particulièrement intéressantes en ce qu'elles offrent de rares spécimens d'ébauches de miniatures destinées à recevoir un fond d'or.

50. Jésus crucifié. — Saints et saintes. Haut. : 172 millim.; larg. : 125 millim. Montés sur bristol.

Dix-neuf jolies miniatures sur vélin, provenant d'un Livre d'heures du xive siècle, peintes sur des fonds quadrillés en or et en couleurs. Les saints représentés sont : *saint Jean, saint Etienne, saint Laurent, saint Blaise, saint Pierre, saint Jacques, saint Christophe, saint Antoine, saint Eloi, saint Martin, saint Sébastien, saint Michel* (ces deux dernières miniatures découpées au cadre). Les saintes sont : *sainte Barbe, sainte Catherine, sainte Marie de Béthanie, sainte Geneviève, sainte Théodoxie, sainte Agnès.*

La première miniature est en grisaille; les autres sont polychromes, toutes à fonds quadrillés, losangés ou diaprés, en or et en couleurs. Les pages au recto et au verso sont ornées de très élégantes bordures de feuillages; très variées, elles offrent de beaux spécimens de la décoration des manuscrits à cette époque.

51. Jésus au tombeau. Haut. : 120 millim.; larg. : 70 millim. — Jésus crucifié. Haut. : 203 millim.; larg. : 135 millim.

Deux miniatures sur vélin, exécutées par un enlumineur français du xive siècle. La première, qui a subi quelques dégradations, est une curieuse petite peinture allégorique sur fond de pourpre à compartiments, représentant le Christ nu, sortant du tombeau et entouré de tous les instruments de la Passion : les 30 deniers de Judas, la lanterne, la colonne, les martinets, la croix, les clous, le marteau, les tenailles, le seau, la robe, les dés, la lance et l'éponge. La seconde, peinte sur fond diapré, nous montre Jésus expirant sur la croix, assisté de la Vierge Marie et de l'apôtre saint Jean.

52. La Résurrection. — L'Ascension.

Deux magnifiques initiales historiées du XIVe siècle, peintes en or et en couleurs sur vélin, avec ornementation formant bordure d'antiphonaire, in-folio.

53. La Pentecôte. Haut. : 75 millim.; larg. : 65 millim. — Procession du Saint-Sacrement. Haut. : 50 millim.; larg. : 47 millim.

Deux charmantes et délicates petites miniatures exécutées au milieu du XIVe siècle, peintes sur des fonds d'or et décorant deux lettres initiales d'un fragment de missel sur vélin.

La première nous montre le Saint-Esprit descendant, au milieu de tourbillons de flammes, sur les apôtres assemblés en compagnie de la sainte Vierge.

La seconde, d'une finesse extrême, représente un prêtre revêtu d'une chasuble d'azur, portant dans un ostensoir d'or le saint sacrement. Quatre bourgeois tiennent les montants du dais de pourpre sous lequel est placé le prêtre.

Une bordure d'or formée de feuillages de vigne vierge, accompagne chacune de ces miniatures. Cinq petites lettrines à fonds d'or ornent, en outre, les deux feuillets du missel.

54. Épisodes de la Vie de saint Nicolas. Haut. : 78 à 85 millim.; larg. : 90 millim.

Deux curieuses miniatures sur vélin, exécutées en France au XIVe siècle.

Sous forme d'initiales historiées (E. O), l'une représente S. Nicolas remettant, par la fenêtre d'une maison, des dots à trois jeunes filles pauvres; l'autre, le même évêque consacrant un autel. Ces initiales proviennent d'un antiphonaire.

55. Huit miniatures du XIVe siècle. Haut. : 57 millim.; larg. : 60 millim.

Ces miniatures sont peintes sur des fonds quadrillés et losangés d'or et de couleurs, et appartiennent à un fragment des *Pandectes*.

Exécutées avec une très grande finesse, elles représentent de curieuses scènes de la vie civile et judiciaire :

1° *Un juge réglant une question dotale.* — 2° *Un malade alité dictant son testament.* — 3° *Juge se prononçant sur un fidéi-commis.* — 4° *Un malade faisant un legs à ses parents ou amis.* — 5° *Un malade léguant des aliments à ses serviteurs.* — 6° *Témoin soumis par un juge à une épreuve judiciaire.* — 7° *Juge mettant deux personnes en la possession de leurs biens.* — 8° *Un maître apporte à deux de ses serviteurs travaillant un broc de vin et un pain.*

En outre, les 8 feuillets de vélin, sur lesquels sont peintes les miniatures, sont ornés au milieu du texte, de onze jolies lettrines formées par des rinceaux d'or et de couleurs.

56. **Recueil de bordures du XIVe siècle.**

Onze bordures peintes sur vélin, formées par des ramures de vigne, des rinceaux de fleurs et de feuillages, en or et en couleurs. Beaux spécimens de l'enluminure française au XIVe siècle.

57. **Les Épousailles. — Le Tribunal de l'Inquisition. — La Prédication et la mort de sainte Catherine d'Alexandrie. Haut. : 124 millim.; larg. : 85 millim.**

Trois splendides miniatures italiennes du XIVe siècle, d'une admirable exécution et d'une fraîcheur de tonalité exceptionnelle. Peintes sur des feuillets de vélin, la première nous représente un seigneur florentin passant l'anneau au doigt de sa noble fiancée. Une nombreuse assistance des deux sexes les entoure, des musiciens jouant de la viole d'amour, de la trompette et de la timbale se tiennent aux deux côtés de la salle où se passe cette scène, dont les fonds sont peints en or. — La seconde nous montre un cardinal assis dans sa chaire et présidant le redoutable tribunal de l'Inquisition. Des secrétaires du saint-office sont assis devant lui et écrivent. Ses conseillers l'entourent et semblent étonnés par l'accusation portée par un magistrat agenouillé à droite, contre un soldat et un juif agenouillés à gauche. — La troisième est à deux compartiments et est datée de 1369; elle a pour sujets : sainte Catherine prêchant la doctrine chrétienne devant l'empereur Maximin Daza; son emprisonnement; l'éclatement de la roue sur laquelle elle devait être suppliciée et son exécution par le glaive.

Cinq lettres historiées, peintes avec la même délicatesse extrême que les miniatures, accompagnent et complètent ces beaux spécimens de l'art florentin du XIVe siècle. Elles se rapportent chacune au sujet représenté au dessus d'elles.

58. **Le Duc de Normandie, dauphin de France (depuis Charles V), présidant les trois États du royaume en 1356. Haut. : 215 millim. : larg. : 160 millim.**

Très curieuse miniature de la fin du XIVe siècle, peinte sur vélin. Elle représente l'une des scènes les plus importantes de notre histoire. Après la bataille de Poitiers et la prise du roi Jean, le dauphin, qui portait alors le titre de duc de Normandie et de lieutenant du royaume, convoqua à Paris les États généraux de la langue d'oil pour obtenir de nouveaux subsides. La miniature nous montre la séance d'ouverture au palais royal (aujourd'hui le palais de justice), en mai 1356. Le Dauphin est assis sur le trône. A sa droite est le clergé ayant à sa tête Pierre de La Forest, archevêque de Rouen et chancelier de France; à sa gauche se tient la noblesse sous la conduite de Charles de Blois, duc de Bretagne; devant lui sont assis les représentants du tiers état, gouvernés par Etienne Marcel, prévôt des marchands de Paris, et assisté de plusieurs théologiens. Les vêtements de presque tous les personnages sont peints en grisaille.

59. Scènes de la vie de Jésus. Haut. : 190 millim.; larg. : 145 millim.

Curieuse miniature sur vélin, provenant d'un manuscrit appartenant à l'art français de la fin du XIVe siècle.

Divisée en quatre compartiments, elle représente : 1° *l'Incrédulité de saint Thomas;* — 2° *Jésus et ses disciples;* — 3° *la Pêche miraculeuse;* — 4° *Jésus enseignant à ses disciples.* Fonds diaprés, quadrillés et losangés. Décoration architecturale.

60. Initiales de la fin du XIVe siècle. Haut. : 105 et 165 millim.; larg. : 90 et 170 millim.

Quatre initiales sur vélin, peintes sur des fonds d'or poli, dont 2 moyennes représentent *la Vierge tenant l'enfant Jésus* et *le Martyr d'un saint évêque*, et 2 grandes, une lettre G. formée par des lacs s'enlaçant les uns dans les autres, ornementés de fleurs dans leurs compartiments; une lettre A, contenant, au milieu d'entrelacs, quatre têtes de saints religieux de l'ordre de Saint-Benoît.

61. Recueil d'initiales. Haut. moy. : 80 millim.; larg. moy. : 86 millim.

Dix-huit initiales de la plus grande richesse, peintes sur vélin à la fin du XIVe siècle sur des fonds d'or, et formées d'arabesques ou de compartiments de couleur. Le corps de chaque lettre est en bleu rehaussé de blanc.

62. Initiales historiées des XIVe et XVe siècles.

Huit initiales historiées sur vélin, dont quatre avec bordures, peintes sur des feuillets d'antiphonaires français et italiens.

63. Saint Michel terrassant le démon. Haut. : 150 millim.; larg. : 93 millim. — Saint Silvestre, évêque, terrassant un dragon. Haut. : 120 millim.; larg. : 90 millim. — L'Ascension. Haut. : 120 mill.; larg. : 105 millim.

Trois curieuses initiales sur vélin ayant appartenu à des antiphonaires du commencement du XVe siècle exécutés en Italie. Deux de ces lettres sont sur fonds d'or, la troisième est entièrement peinte en couleurs.

64. Le Massacre des Innocents. Haut. et larg. : 130 millim. — Jésus baptisé dans le Jourdain. Haut. : 225 millim.; larg. : 140 millim.

Deux curieuses initiales d'un antiphonaire sur vélin, exécutées en Italie au début du XVe siècle. Quelque peu endommagées par le temps, elles offrent un intéressant spécimen de l'art à cette époque.

65. Saint Jean. — Saint Basile. — Une sainte reine martyre. — Dieu le fils. — Sainte Apolline. — Un saint pape.

Six initiales de la plus grande beauté, peintes sur vélin et ayant appartenu à un antiphonaire italien du commencement du xve siècle.

66. Les Vices et les Vertus personnifiées par quatre femmes. Haut. : 168 millim.; larg. : 145 millim. — Un Rhétoricien enseignant. Haut. : 178 millim.; larg. : 146 millim.

Superbes peintures décorant deux feuillets provenant d'un manuscrit sur vélin du *Trésor* de Brunetto Lasini, in-folio exécuté en France dans la première moitié du xve siècle. Elles sont très importantes pour l'histoire du costume. Les pages sont entourées de beaux encadrements.

67. Le Christ sur la Croix. Haut. : 260 millim.; larg. : 230 millim.

Superbe miniature sur vélin exécutée en France au xve siècle. A droite et à gauche du Crucifié se trouvent la Vierge et saint Jean. Le fond de cette miniature est peint en bleu, orné de belles arabesques d'or.

68. Scènes de la vie de Jésus. Haut. : 160 millim. ; larg. : 122 millim. — L'Annonciation aux Bergers. — La Nativité. — La Circoncision. — La Fuite en Égypte. — La Trahison de Judas. La Flagellation. — La Descente de Croix. — La Mise au tombeau.

Huit belles miniatures sur vélin, provenant d'un missel du xve siècle ; très jolies bordures ornées de fleurs, de fruits et de personnages grotesques.

69. La Salutation angélique. — Job sur son fumier. — Le Roi David. — La Pentecôte. Haut. : 150 millim.; larg. : 104 millim.

Quatre belles miniatures françaises du xve siècle provenant d'un livre d'heures sur vélin, ornées de jolies bordures, formées de feuillages et de fleurs, parsemées d'oiseaux et d'animaux grotesques.

70. Les Quatre Évangélistes. S. Jean, S. Luc, S. Mathieu et S. Marc. Haut. : 160 millim.; larg. : 115 millim.

Quatre belles miniatures françaises du xve siècle, entourées de très jolies bordures formées par des arabesques de fleurs et de fruits, peintes sur vélin et ayant appartenu à un livre d'heures de cette époque.

71. Le Roi David. Haut. : 135 millim. ; larg. 130 millim.

Miniature-initiale italienne peinte sur un feuillet de psautier en vélin du XVe siècle. Elle a pour sujet, au milieu des contours d'une lettre B très ornementée, posée sur un fond d'or poli, le roi David assis, jouant du psaltérion, revêtu d'une riche robe de brocart et coiffé à la mode princière hébraïque.

72. Le Jugement dernier. — La Vierge au donateur. — L'Inhumation des morts. — La Sainte Trinité. Haut. : 140 et 160 millim. ; larg. : 80 et 120 millim.

Quatre miniatures françaises du XVe siècle, peintes sur vélin et encadrées par de très belles bordures de feuillages d'or et de couleurs, d'une grande richesse d'exécution.

73. Apothéose de sainte Marie l'Égyptienne. Haut. : 183 millim. ; larg. : 119 millim.

Très curieuse miniature sur vélin, provenant d'un livre d'heures français du XVe siècle.

La scène représente un site sauvage, au milieu des rochers, avec des ermitages et des calvaires disséminés çà et là. La sainte solitaire, n'ayant pour tout vêtement que ses longs cheveux, est enlevée au ciel par six anges.

Au revers de cette page est une petite peinture où l'on voit le *Christ au roseau*, entouré des emblèmes de la Passion. Le texte donne plusieurs oraisons en français.

74. Bordures avec initiales historiées du XVe siècle.

Deux belles bordures françaises formées de rinceaux polychromes, encadrant des pages d'antiphonaires sur vélin, ornementées, en outre, de deux jolies lettres initiales historiées.

75. Feuillets de Livres d'heures. Haut. : 160 millim. ; larg. : 115 millim. Montés sur bristol.

Quarante-huit feuillets formant quatre-vingt-seize pages provenant d'un missel du XVe siècle; toutes ces pages sont ornées de riches bordures variées donnant un très beau spécimen de l'ornementation des manuscrits au XVe siècle. Le texte contient de nombreuses initiales enluminées.

76. Bordures du XVe siècle. Haut. : 160 millim. : larg. : 32 millim. Montées sur bristol.

Dix belles et riches bordures sur vélin, composées d'un enchevêtrement de rinceaux de feuillages d'or, émaillé de toutes nuances, et contenant chacune un personnage fantastique ou grotesque.

77. Recueil de bordures, montés sur bristol.

Dix-sept bordures de manuscrits du xve siècle. Toutes ces miniatures sont d'une grande finesse, l'ornementation en est très variée : tantôt ce sont des encadrements dans le style habituel du xve siècle, composés de rinceaux ornés de fleurs et de fruits; tantôt ce sont des arabesques dans le goût de la Renaissance italienne, le plus souvent sur fond d'or.

78. Recueil de bordures, montées sur bristol.

Quarante-et-une bordures de manuscrits du xve siècle. La décoration de ces jolies bordures consiste en rinceaux, en fleurs et en fruits, auxquels sont associés des animaux, des chimères et des grotesques.

79. Feuillets de livre d'heures. Haut. : 160 millim.; larg. : 117 millim.

Vingt-quatre feuillets, formant 48 pages, provenant d'un missel du xve siècle. Chacune de ces pages est entourée d'une très large bordure d'une ornementation variée très décorative. Le texte est orné d'un grand nombre d'initiales enluminées.

80. Feuillets de livres d'heures. Haut. : 160 millim.; larg. : 117 millim.

Seize feuillets formant trente-deux pages, provenant d'un livre d'heures du xve siècle; ils sont particulièrement remarquables par l'élégance de leur décoration, composée de branches d'arbres ornées de fleurs et de fruits.

81. Initiale du xve siècle. Haut. : 200 millim.; larg. : 220 millim.

Grande et belle initiale A sur vélin, composée d'entrelacs sur fond bleu, attenante à une portion de bordure à compartiments de couleurs, formés d'oiseaux et de branchages de fleurs. Elle a fait partie d'un antiphonaire du xve siècle.

82. Initiales. Haut. : 105 millim.; larg. : 120 millim.

Deux jolies initiales, avec bordure ornementale, exécutées au xve siècle sur deux feuillets d'antiphonaire.

83. Initiales françaises du xve siècle.

Neuf initiales ornementales à fonds diaprés et à contours d'or poli. Chacune d'elles est accompagnée de son texte (fragment de missel sur vélin), et possède, pour la plupart, une prolongation formant bordure, dont les extrémités se terminent en ramures de feuillages.

84. Recueil d'initiales, montées sur bristol.

Vingt-huit initiales d'une grande beauté, provenant d'un antiphonaire du xve siècle; elles sont remarquables par les motifs de décoration fond d'or avec arabesques.

85. Recueil d'initiales, montées sur bristol.

Trente-deux lettres provenant de livres d'heures du xve siècle; elles se recommandent par leur variété; presque toutes sont rehaussées d'or.

86. Recueil d'initiales, montées sur bristol.

Quinze initiales provenant d'un manuscrit sur vélin du xve siècle; elles sont admirablement peintes, quelques-unes sont sur fond d'or.

87. Dieu le père. Haut. : 155 millim.; larg. : 180 millim. — Moïse. Haut. : 100 millim.; larg. : 70 millim.

Deux très belles miniatures sur vélin, appartenant à l'école italienne du xve siècle.

La première, ornementant une majestueuse lettre B, nous montre Dieu le père bénissant le monde. D'innombrables chérubins, peints en rouge, forment le fond du tableau.

La seconde représente, sur un fond d'azur, Moïse et plusieurs jeunes hommes. Cette miniature, ainsi que la précédente, a été traitée avec une finesse extrême.

88. La Naissance de la Vierge. — L'Annonciation. — L'Assomption. — Saint Laurent. Haut. : 125 millim.; larg. : 130 millim.

Quatre très belles initiales italiennes du xve siècle, ornementant quatre feuillets d'antiphonaire sur vélin.

89. La Toussaint. Haut. et larg. : 75 millim.

Jolie miniature italienne du xve siècle. Au premier plan, saint Pierre, saint Paul et saint Jean-Baptiste.

90. Un Père de l'Église. Haut. : 190 millim.; larg. : 185 millim. — Frise. Haut. : 65 millim.; larg. : 215 millim. — Portrait de jeune femme. Haut. : 70 millim.; larg. : 80 millim.

Trois miniatures italiennes du xve siècle, montées sur une même feuille de bristol. La première, d'une très riche exécution, nous montre, illustrant une lettre K, un saint personnage vêtu en évêque, assis et lisant. Un jeune clerc est près de lui, tenant la crosse épiscopale. La seconde est une frise formée de rinceaux, dont le centre est occupé par les armoiries, soutenues de deux anges, d'un personnage appartenant à l'ordre de Malte : *d'or, à cinq fusées accolées de gueules, posées en bande et accompagnées d'une rose de même, tigée et feuillée de sinople; au chef de Malte.* — La troisième, un petit médaillon renfermant le portrait d'une jeune femme debout et vêtue de rouge.

91. Saint Laurent. — Ange lisant. — Un Saint.

Trois remarquables initiales sur vélin, appartenant à l'école italienne du XVe siècle.

92. Un Saint Pape. — Saint Nicolas. — Consécration d'un prêtre. — Inhumation d'un enfant.

Quatre charmantes petites miniatures italiennes, dont deux lettres historiées, provenant d'un missel sur vélin du XVe siècle, exécutées avec autant de soin que de finesse. La dernière de ces miniatures est surtout intéressante par la petite scène qu'elle nous offre et par les riches costumes des prêtres, qui, assistés d'un prélat, procèdent, au milieu d'un cimetière, aux dernières cérémonies religieuses sur le corps d'un jeune enfant, dont le cercueil se voit, déposé à terre.

93. Saint Jean-Baptiste, précurseur de Jésus. Haut. : 200 millim.; larg. : 180 millim. — L'Enfant Jésus bénissant. Haut. : 130; larg. : 100 millim.

Deux initiales italiennes historiées sur vélin, appartenant toutes deux au XVe siècle, l'une du début, l'autre de la fin. Elles proviennent d'antiphonaires.

La première, très curieuse par les formes grêles de S. Jean-Baptiste, nous montre ce saint prêchant, devant un groupe d'auditeurs, la venue du Christ, que l'on aperçoit au fond de la composition.

La seconde contraste avec la précédente, par les formes pleines du jeune Jésus vu de face, debout et bénissant.

94. Bordures italiennes du XVe siècle, montées sur bristol.

Onze bordures peintes en couleurs sur vélin. Compositions aussi fantaisistes qu'originales.

95. Initiales italiennes du XVe siècle, montées sur bristol.

Cinq initiales formées de motifs d'ornements, de feuilles d'acanthes, etc., et un montant de page, provenant de missels, d'antiphonaires et autres manuscrits italiens du XVe siècle.

L'une de ces initiales appartient à la Préface d'un manuscrit des *Statuts de la Confrérie des Pénitents de S. Quirico de Rome*, établie sous Sixte IV, en l'année 1482. Elle contient le portrait du saint et est accompagnée, au bas de la page, des armoiries de l'association religieuse, soutenues par deux pénitents vêtus de noir.

96. Initiale italienne du xve siècle. Haut. : 105 millim.; larg. : 110 millim.

Belle initiale sur vélin, représentant un saint en prière. Elle orne un feuillet de psautier et complète une bordure marginale, peinte en or et en couleurs.

97. Initiales avec bordures.

Trois initiales sur fond d'or losangé, exécutés en Italie au xve siècle, accompagnées, sur chacun des feuillets d'antiphonaire où elles sont peintes, d'une belle bordure à rinceaux de couleurs.

98. Initiales italiennes du xve siècle.

Quatre grandes et quatre petites initiales provenant d'antiphonaires, peintes en couleurs sur des fonds d'or. Trois des grandes sont historiées, et ont pour sujets : 1. *la Vierge aux anges;* — 2. *Saint François recevant les stigmates;* — 3. *Deux ménestrels jouant du tambourin et de la trompette devant plusieurs personnes qu'étonne un phénomène céleste.* La quatrième est formée de feuilles d'acanthe et de fleurs contournées.

Les quatre petites sont purement ornementales.

99. Initiales italiennes du xve siècle.

Trois initiales d'antiphonaires peintes sur vélin.

100. Recueil d'initiales italiennes du xve siècle, montées sur bristol.

Vingt-six initiales exécutées en couleurs, sur vélin, au commencement du xve siècle et provenant d'antiphonaires. Plusieurs ont pour sujets historiés : *Dieu; les Saints; la création d'Adam; la création d'Eve; la Nativité; le martyr d'une sainte; des moines chantant l'office,* etc.

Très beaux types d'ornementation. Quelques figures ont été effacées en partie.

101. Initiales et bordure, montées sur bristol.

Cinq initiales et une bordure italiennes du xve siècle, peintes sur vélin, provenant d'antiphonaires.

La plus grande initiale représente une procession de religieux dominicains, dont l'abbé porte le saint Sacrement; les autres ont pour sujets : Notre-Dame des Sept Douleurs, un Saint et des motifs d'ornementation.

La bordure, d'une grande richesse d'exécution, porte, en son centre, le monogramme du Christ accolé de médaillons à fonds d'or. Très belle composition.

102. Recueil d'initiales, montées sur bristol.

Quarante-cinq initiales enluminées d'une grande beauté provenant d'un antiphonaire italien du xve siècle.

103. Recueil d'initiales, montées sur bristol.

Quarante et une initiales, exécutées en Italie, sur des fonds d'or poli ou sur des fonds de couleurs, et provenant d'antiphonaires du xve siècle. Conçues dans un style où les feuilles d'acanthes forment la base de l'ornementation, elles offrent un des plus beaux spécimens artistiques de cette époque.

104. Recueil d'initiales, montées sur bristol.

Vingt-deux initiales en couleurs, exécutées sur vélin au xve siècle et provenant d'antiphonaires italiens. Leur ornementation en rouge et en bleu est des plus remarquables.

105. Initiales du xve siècle.

Neuf initiales en or et en couleurs, appartenant à diverses écoles, peintes sur des feuillets d'antiphonaires en vélin.

106. La Descente de Croix. Haut. : 110 millim.; larg. : 71 millim. — Les Trois Morts et les Trois Vifs. Haut. : 107 millim.; larg. : 72 millim. — Le Martyre de St Sébastien. Haut. : 103 millim.; larg. : 69 millim. — Le Martyre de St Denis et de ses compagnons. Haut. : 108 millim.; larg. : 72 millim.

Quatre miniatures sur vélin provenant d'un fort joli livre d'heures exécuté en France dans le dernier quart du xve siècle.

La seconde est particulièrement intéressante par les costumes des cavaliers. La quatrième est curieuse en raison de son sujet : Par l'ouverture d'un porche gothique, qui n'est autre que celui de l'ancienne église parisienne de St Denis de la Chartre, on voit une belle campagne, et St-Denis portant sa tête et se dirigeant vers l'abbaye de son nom que l'on aperçoit au fond de la composition. Ce saint est encore représenté par une statue posée sur le trumeau du porche, formé de deux baies, et dont les côtés latéraux supportent également les statues agenouillées de S. Rustique et S. Éleuthère que des bourreaux s'apprêtent à décapiter. Au-dessus est une statue de la Vierge accompagnée de deux écussons aux armes de France.

Les vêtements de presque tous les personnages sont peints en bleu et en or.

107. Vie de la Vierge et saints martyrs; initiales historiées. Haut. : 30 à 50 millim.; larg. : 30 à 40 millim.

Série de onze charmantes petites miniatures françaises de la fin du xve siècle, peintes sur vélin : *la Naissance de la Vierge* (2 interprétations); *la Présentation de la Vierge; la Salutation angélique; la Pentecôte; la Mort de la Vierge; l'Adoration des Mages; saint Joseph; saint Philippe et saint Jacques; saint Thadée et saint Luc l'évangéliste.*

108. La Visitation. Haut. : 100 millim.; larg. : 65 millim.

Magnifique petite miniature de la fin du xve siècle, exécutée sur vélin avec une remarquable finesse, par un artiste français de l'école de Touraine. Au premier plan, la Vierge et sainte Élisabeth se pressent les mains : au fond, une montagne surmontée d'un château fortifié ; plus loin encore, une hauteur, et, dans la plaine, une rivière dont on aperçoit les sinuosités.

109. Bordure et initiale de la fin du xve siècle.

Belle bordure française à rinceaux, ornée de trois petites miniatures représentant : un roi de France et le Voyage des rois mages. Une jolie initiale historiée est peinte en bas du feuillet d'antiphonaire qu'encadre la bordure; elle a pour sujet *l'Adoration des rois mages*. La partie inférieure du feuillet manque.

110. Recueil d'initiales, montées sur bristol.

Soixante-huit lettres ornées de la fin du xve siècle, peintes sur vélin, soit en or sur des fonds de couleurs, soit en couleurs sur des fonds d'or. Très belle et très remarquable série d'une grande richesse, offrant dans ses tonalités la plus grande et la plus parfaite harmonie.

111. L'Ange soulevant la pierre du sépulcre de N.-S. Jésus-Christ. Haut. : 230 millim.; larg. : 210 millim. — Les apôtres soutenant la doctrine chrétienne devant les philosophes payens. Haut. : 235 millim.; larg. : 215 millim. — Procession du saint sacrement. Haut. et larg. : 185 millim.

Trois magnifiques miniatures, initiales sur vélin, exécutées en Italie par un artiste de la fin du xve siècle, et ayant fait partie d'un antiphonaire de cette époque.

La première représente un ange aux ailes de pourpre, vêtu de blanc, soulevant le couvercle d'un tombeau de porphyre, auprès duquel trois soldats revêtus de leurs armures gisent étendus sur le sol; au fond, une montagne avec château, d'où descendent les deux saintes femmes. — La deuxième, le vestibule d'un palais à double baie, où se voient, à gauche, les apôtres groupés, faisant face à plusieurs personnages coiffés à la mauresque, parmi lesquels on remarque un Éthiopien. Les contours d'une belle lettre R limitent cette composition. — La troisième, servant d'ornement à une lettre S, nous montre, dans un paysage accidenté, un cardinal revêtu de ses habits pontificaux, précédé de deux clercs, portant la sainte hostie dans un ostensoir d'or et de cristal. Une foule d'hommes le suit. Au premier plan, à droite, plusieurs femmes agenouillées. Toutes ces compositions sont peintes sur des fonds d'or.

112. L'Assomption. Haut. : 106 millim. ; larg. : 103 millim. — Bordures et initiales. Haut. et larg. diverses.

Réunion sur un feuillet de bristol : 1° d'une très belle miniature initiale à fond d'or ; véritable petit tableau peint avec la plus grande délicatesse par un artiste italien de la fin du xve siècle ; — 2° de QUATRE bordures à composition polychrome ; — 3° de DEUX initiales d'or sur fonds de couleurs.

113. Bordure italienne du xve siècle. Haut. : 325 millim. ; larg. 200 millim.

Cette bordure, exécutée sur vélin à la fin du xve siècle, décore la première page des *Statuts de la corporation des maîtres Cordonniers de la ville de Florence*, dont les attributs professionnels se mêlent aux arabesques de fleurs et de feuillages de toutes nuances qui composent ce bel encadrement. Une délicate lettre ornée, placée au début du texte, nous montre *la Vierge tenant l'enfant Jésus ;* et une charmante petite miniature représentant *saint Crépin et saint Crépinien*, patrons de la corporation, insérée dans la partie inférieure de la bordure, complète heureusement l'enluminure de cette jolie page.

114. Bordures et initiales italiennes, montées sur bristol.

DEUX bordures polychromes à rinceaux de fleurs et TROIS lettres ornées, à fond d'or poli, formées par des entrelacs de feuillages. Ces cinq pièces peintes sur vélin appartiennent à l'école italienne de la fin du xve siècle.

115. L'Annonciation. — La Présentation. — L'Ascension. Haut. : 165 millim. ; larg. : 160 millim.

TROIS très belles miniatures initiales françaises du commencement du xvie siècle, peintes sur des feuillets d'antiphonaires en vélin. Chacune d'elles est accompagnée d'une splendide bordure à fond monochrome semé de fleurs, d'oiseaux et d'insectes.

116. La Salutation angélique. Haut. : 150 millim. ; larg. : 103 millim. — La Présentation au temple. Haut. : 110 millim. ; larg. : 50 millim. — Le Christ au roseau. Haut. : 142 millim. ; larg. : 100 millim. — La Mort d'Uri. Haut. : 155 millim. ; larg. : 102 millim.

QUATRE miniatures françaises exécutées sur vélin au commencement du xvie siècle. La première, quoique ayant subi une légère restauration, est d'une bonne composition ; elle nous montre le sujet principal entouré par toute la série des rois sortis de Jessé, lequel se voit couché à la base de la miniature, les rameaux de sa postérité s'élançant de sa poitrine ouverte. — La seconde, très délicate, est encadrée par une simple composition architectonique. — La troisième possède une belle bordure de feuillages, de fleurs, et de fruits. — La dernière nous représente la mort d'Uri. Au milieu d'une plaine et au bord d'un cours d'eau, un combat entre deux groupes de chevaliers aux armures d'or et d'acier ; l'un d'eux est étendu sur le sol. Une bordure à compartiments limite cette composition.

117. Job et ses amis. Haut. : 138 millim. ; larg. : 90 millim.

Belle miniature du commencement du XVIe siècle, entourée d'une bordure architecturale en camaïeu or et d'un intérêt capital en ce que le fond représente un coin de la ville de Paris ; *la Sainte-Chapelle, la chapelle Saint-Michel, la tour de la porte du Palais*, etc. Page détachée d'un livre d'heures.

118. Épisodes de la vie de N.-S. Jésus-Christ ; — Saints et Saintes. Haut. : 35 à 45 millim. ; larg. : 37 à 47 millim.

Série de TREIZE petites miniatures sur vélin, du commencement du XVIe siècle : *le Christ au roseau ; Jésus tenant sa croix ; Jésus crucifié adoré par saint Sébastien et Saint Jacques le Majeur ; Jésus glorieux ; Jésus alimenté par la Vierge* (singulière imagination où l'on voit Jésus dans un chariot d'enfant) : *Jésus conduit par S. Joseph et gardé par deux anges ; l'adoration de la Vierge ; Suzanne au bain ; saint Yves ; saint Elzéar ; sainte Marthe ; saint Germain.*

119. Le Sacrifice de la Messe. Haut. : 90 millim. ; larg. : 60 millim. La Sainte famille. Haut. : 108 millim. ; larg. : 87 millim.

DEUX jolies miniatures française sur vélin du commencement du XVIe siècle, entourées de très belles bordures à fonds d'or semés de fleurs, de fruits, d'oiseaux et d'insectes.

120. Les Travaux des Champs. — Les signes du Zodiaque. Haut. : 120 millim. ; larg. : 60 millim.

NEUF feuillets sur vélin d'un calendrier de livre d'heures du commencement du XVIe siècle, ornés chacun, au verso et au recto, d'une jolie miniature peinte avec beaucoup de finesse. Celles du recto afférentes aux mois de Janvier, de Février, et de Mai jusqu'à Novembre, ont pour sujets : *un repas ; un seigneur se chauffant ; une promenade équestre ; un faucheur ; la moisson : le battage du grain ; le foulage de la vendange ; les semailles* et *un porcher paissant son troupeau*. Celles du verso : *le Verseau ; les Poissons ; les Gémeaux ; l'Écrevisse ; le Lion ; la Vierge ; la Balance ; le Scorpion* et *le Sagittaire.*

Ensemble DIX-HUIT miniatures.

121. Bordure d'un Psautier français du commencement du XVIe siècle. Haut. : 350 millim.; larg. : 250 millim.

TROIS feuillets sur vélin, exécutés dans le nord de la Fra . On lit sur le premier :

A ce devot lieu de religion
Jacqueline le roy profession
Feit en a'o.ust l'an mil cinq cens dix et sept
Soubz madame bonne sans fiction
De prouville dicte. Daffection
La recepvant de cœur comme dieu scet.
Lhors son pere dict Nicolas le roy
Bon conseiller sage et de bonne foy
Et recepveur de leveschié d'amiens.
Feit composer ce livre par arroy
Ad celle fin quelle pria pour soy
Pour sa mere ses amis et les siens.

Bonne de Prouville, en 1517, était, d'après le *Gallia christiana*, abbesse de Saint-Paul, près de Beauvais. C'est donc pour ce monastère de bénédictines que ce psautier a été exécuté d'après les ordres du père de la jeune religieuse, Nicolas Le Roy. Celui-ci s'est fait représenter agenouillé sur un prie-Dieu, au bas de ce premier feuillet, en face de sa femme également agenouillée, séparés tous deux par leurs armoiries : *d'azur au chevron d'argent accompagné en pointe d'une aigle d'or, membrée, becquée et allumée de gueules.* Ces mêmes armoiries et ces deux portraits se retrouvent au bas du second feuillet. La partie inférieure de la dernière page offre encore plusieurs images où se voient Mme Le Roy, près de trois de ses plus jeunes filles, faisant face à son aînée, Jacqueline la religieuse ; celle-ci accostée de deux sœurs professes de son ordre.

Trois initiales historiées ou ornementées complètent la très remarquable illustration de ce beau fragment de l'art français au début du XVIe siècle.

122. Bordures d'un Livre d'heures. Haut. : 100 millim.; larg. : 70 millim.

QUATRE jolies bordures sur vélin, du commencement du XVIe siècle, composées d'un fond de couleur semé de fleurs, de fruits, d'insectes, de branchages avec grotesques, etc.

123. L'Annonciation à la Vierge Marie. Haut. : 250 millim.; larg. : 200 millim.

Splendide et précieuse miniature sur vélin du milieu du XVIe siècle, ayant appartenu à DIANE DE POITIERS, dont le chiffre se lit enlacé avec celui du roi Henri II, au fronton et à la base de l encadrement.

Dans un logis meublé avec la plus grande richesse, la Vierge à genoux tourne la tête vers l'archange Gabriel, qui s'avance pour la couronner et vers le Saint-Esprit planant près d'elle. Dieu le Père apparaît dans la partie supérieure de la composition, entouré de chérubins et bénissant l'élue. Une somptueuse bordure d'or, où se voient des anges jouant de la flûte, limite ce délicat tableau.

124. Saint Jean l'évangéliste. — Bethsabée. — Saint Antoine. — La Crucifixion. Haut. : 170 millim.; larg. : 105 millim.

Quatre belles miniatures françaises du XVIe siècle à fonds de paysages variés. La première représente Saint Jean dans l'île de Pathmos écrivant l'Apocalypse. L'aigle emblématique s'élève dans les airs au-dessus de lui. Dans le tympan de l'encadrement, le supplice du saint ordonné par Domitien, se remarque peint en camaïeu. — La seconde, Bethsabée accompagnée de deux suivantes, vêtue de brocart d'or, les pieds dans l'eau d'une claire rivière, reçoit le page envoyé par David. — La troisième, Saint Antoine, assisté de son fidèle compagnon, se voit debout, appuyé sur le tau emblématique. — La quatrième, Jésus sur la croix, arrosant la terre de son sang, entouré des saintes femmes, de saint Jean et d'un groupe de soldats, dont le chef monte un cheval blanc.

Toutes ces miniatures sont comprises dans de très beaux encadrements formant portiques, composés de colonnes et de chapiteaux peints en or. Elles proviennent de Livres d'heures.

125. Job sur son fumier. — Les peines de l'Enfer. — L'Ascension. Haut. : 75 à 95 millim.; larg. : 90 millim.

Trois belles initiales du XVIe siècle, peintes sur vélin et ayant appartenu à un antiphonaire de cette époque.

126. Recueil de petites initiales. Haut. : 35 millim.; larg. : 28 millim.

Quarante-deux jolies petites initiales du XVIe siècle, formées par d'ingénieuses combinaisons d'entrelacs, exécutées sur papier, au trait de plume rehaussé de lavis. — Montées sur bristol.

127. Recueil d'initiales. Haut. : 60 millim.; larg. : 50 millim.

Trente-six initiales du XVIe siècle composées de têtes de grotesques combinées avec des feuilles d'acanthe et exécutées à la plume sur vélin. Elles proviennent d'un antiphonaire, et sont montées sur bristol.

128. Lettre et Bordure d'Antiphonaire. Haut. : 205 millim.; larg. : 125 millim.

Jolie bordure sur vélin d'un très beau style décoratif italien du XVIe siècle, accompagnée d'une lettre initiale historiée représentant la Nativité.

129. Saint Jean l'évangéliste. — La Visitation. Haut. : 170 millim.; larg. : 115 millim.

Deux miniatures italiennes sur vélin du XVIe siècle, peintes dans de beaux encadrements architectoniques à colonnettes. Elles proviennent de Livres d'heures.

130. Saint Pierre et saint Paul. — Saint Julien des ménétriers. Haut. et larg. : 150 millim.

Deux initiales historiées italiennes du XVIe siècle sur vélin avec lambrequins formant bordure, appartenant à deux feuillets d'antiphonaires.

131. Initiales italiennes du XVIe siècle. Haut. : 225 millim.; larg. : 200 millim.

Deux grandes et belles initiales (A. R.), peintes en or sur un fond de couleurs parsemé de fleurs, de fruits, d'enfants nus, d'oiseaux, d'animaux et d'insectes. Composition très ornementale dans le goût de la Renaissance.

132. Initiales allemandes du XVIe siècle. Haut. : 80 à 85 millim.; larg. : 80 à 90 millim.

Trois initiales à fonds d'or sur vélin, dont une représente le roi David.

133. Jésus-Christ confirmant une jeune demoiselle. Haut. : 185 millim.; larg. : 210 millim. — Série de petites initiales. Haut. : 25 millim.; larg. : 30 millim.

Grande et belle initiale historiée de l'école allemande du XVIe siècle, peinte sur vélin et représentant Jésus accompagné de ses disciples, confirmant, devant une nombreuse Cour, une jeune fille noble agenouillée devant lui et présentée par sa mère. — Seize petites initiales en or et en couleurs de la même époque et de la même école.

134. Grande initiale italienne de la fin du XVIe siècle. Haut. : 280 millim.; larg. : 260 millim.

Lettre L. avec médaillon orné d'arabesques de couleurs.

135. Grandes initiales du XVIIe siècle. Haut. : 200 millim.; larg. : 180 millim.

Dix grandes et belles initiales ornementales sur vélin, peintes. au commencement du XVIIe siècle, sur des fonds diaprés. Exécutées en couleurs avec rehauts d'or, elles ont appartenu à un antiphonaire de cette époque.

136. Recueil d'initiales du XVIIe siècle. Haut. : 110 millim.; larg. : 95 millim.

Cinquante-six initiales moyennes sur vélin. Elles proviennent du même antiphonaire que le no précédent.

137. Recueil d'armoiries allemandes du commencement du XVIIe siècle. Haut. : 140 millim.; larg. : 85 millim.

Dix-sept armoiries sur papier, peintes dans les années 1603 à 1608, provenant d'un « Liber amicorum » ayant appartenu à Jean-Guillaume Mayer, et portant toutes une dédicace à ce « Jeune, docte et ingénu jeune homme ». Plusieurs sont datées de Pont-à-Mousson.

Trois costumes de dames allemandes et une allégorie ont été ajoutés à cette collection.

138. L'Archange saint Michel terrassant le démon. Haut. : 150 millim.; larg. : 115 millim.

Jolie miniature du XVIIe siècle, peinte sur vélin.

139. Sainte Catherine. Haut. : 155 millim.; larg. : 130 millim. — L'Enfant Jésus, la Vierge, 2 sujets. Haut. : 80 millim.; larg. : 95 millim. — Un ange. — Une guirlande de roses autour d'un médaillon resté blanc.

La première de ces miniatures, qui toutes ont été exécutées sur vélin au XVIIe siècle, est d'une très grande beauté et nous donne certainement le portrait d'une grande dame du commencement du règne de Louis XIV. Traité avec beaucoup de soin, elle est due à un bon et habile artiste de cette époque. Les trois autres miniatures n'offrent pas moins d'intérêt par leur composition ornementale et par la tonalité de leur coloris.

140. Le Christ au tombeau soutenu par trois anges. Haut. : 80 millim.; larg. : 62 millim.

Miniature du XVIIe siècle sur vélin. Belle composition exécutée avec une très grande finesse par un artiste français de cette époque.

141. La Vierge à l'enfant. Haut. : 180 millim., larg. : 150 millim.

Très belle et très remarquable miniature sur vélin, peinte vers le milieu du XVIIe siècle par un artiste français. Une seconde miniature d'un sujet analogue a été montée sur le même feuillet de bristol.

142. La Vierge Marie. Haut. : 145 millim.; larg. : 120 millim. — Saint Antoine de Padoue. Haut. : 85 et 75 millim.; larg. : 50 et 55 millim.

Trois miniatures sur vélin du XVIIIe siècle.

La première, peinte en grisaille dans un médaillon ovale, serait due, d'après une note collée au verso, au peintre *Nicolas Mignard*.

Les autres miniatures ont toutes deux pour sujet *saint Antoine de Padoue et l'Enfant Jésus*, et sont d'une bonne exécution.

143. La Nativité. Haut. : 155 millim.; larg. : 145 millim.

Miniature française du XVIIe siècle peinte sur un feuillet d'antiphonaire en vélin. Ce même feuillet contient une bordure entourant tout le recto. Au verso trois initiales ornementées de fleurs.

144. Acte d'obédience de Sœur Marguerite-Françoise-Marie-Catherine de Saint-Augustin (Mlle de Coetquen), 1693. Haut. : 350 millim.; larg. : 270 millim.

Très belle bordure sur vélin, datée du couvent du Calvaire de Saint-Malo, le 25 octobre 1693. Son exécution est du plus beau style de la fin du XVIIe siècle et d'une très grande richesse d'exécution. Pièce intéressante pour l'histoire religieuse de la Bretagne.

145. Acte d'obédience de Sœur Angela-Félix d'Urbin, 1716. Haut. : 280 millim.; larg. : 355 millim.

Très bel encadrement italien daté du 28 juin 1716, exécuté sur vélin; il est formé d'une large guirlande de fleurs et d'un médaillon où se trouve représentée une religieuse agenouillée aux pieds de saint Benoit.

146. Acte d'obédience de Sœur Françoise-Marie, bénédictine espagnole, 1737. — Diplôme de docteur décerné par le cardinal Castelli, en 1780.

Deux encadrements sur vélin. Le premier, d'un enlumineur espagnol, contient huit médaillons ayant pour sujets : *la Vierge à l'enfant, saint Joseph, saint François d'Assise, saint Jean-Baptiste, saint Jean, saint Benoit, saint Bernard* et *sainte Thérèse*. — Le second, d'un artiste italien, est formé de guirlandes de fleurs et d'arabesques au milieu desquelles se voient les armes du pape Pie VI, la *Théologie, la Philosophie*, et les quatre docteurs de l'Église : *saint Grégoire, saint Jérome, saint Ambroise* et *Saint Augustin*.

147. Jeune seigneur anglais en habit de chasse. Haut. : 190 millim.; larg. : 145 millim.

Jolie miniature sur vélin de la seconde moitié du XVIIIe siècle, représentant un jeune homme en habit de chasse, debout et appuyé sur sa monture qui fléchit les genoux. Quatre amours voltigent autour de lui, lui lançant des flèches; l'un d'eux le retient par une chaîne d'or et porte une inscription faisant sans doute allusion à la personne pour qui ce portrait fut exécuté : « C'est pour la fidelle Elisabetha. » La figure surtout a été remarquablement traitée par l'artiste miniaturiste.

148. Tableau généalogique de Hermann-Frédéric-Othon, comte de Hohenzollern-Hoensbroech.

Trente-et-une armoiries allemandes peintes en couleurs sur une feuille de vélin in-folio, donnant la généalogie du comte de Hohenzollern, né en 1751, mort en 1810. On y a joint treize autres armoiries, montées sur bristol, appartenant également à la famille de Hohenzollern.

ORNEMENTATION

DES XVIIE ET XVIIIE SIÈCLES

ARCHITECTURE. — DÉCORATION INTÉRIEURE ET EXTÉRIEURE. — MEUBLES

149. Livre d'Architecture de Jaques Androuet, du Cerceau. Auquel sont contenus diverses ordonnances de plants et élévation de bastiments pour seigneurs, gentilshommes, et autres qui voudront bastir aux champs : mesmes en aucun d'iceux sont dessignez les bassez courts, avec leurs commoditez particulières, aussi les jardins et vergiers. *A Paris, pour Jacques Androuet du Cerceau*, 1582, in-fol., pl., veau, dos orné, fil., milieux et coins azurés, tr. dor. (*Rel. anc.*)

26 ff. de texte et 52 planches, formant le troisième livre de l'architecture de *Ducerceau*.
Belle reliure du xvie siècle.

150. Le premier [-second] volume des plus excellents Bastiments de France, auquel sont designez les plans de quinze Bastiments, et leur contenu : ensemble les elevations et singularitez d'un chascun. Par Jacques Androuet du Cerceau, architecte. *A Paris, pour ledit Jacques Androuet du Cerceau*, 1607, 2 tomes en un vol. in-fol., pl., veau.

Deuxième édition. Plans, élévations et perspectives des maisons royales et princières de France à la fin du xvie siècle : *Le Louvre, Vincennes, Chambord, Boulogne* dit *Madrid, Creil, Coussy, Folembray, Montargis,*

Saint-Germain, La Muette, Vallery, Verneuil, Anssy-le-Franc, Gaillon, Blois, Amboise, Fontainebleau, Villers-Cotterets, Charleval, Les Tuileries, Saint-Maur, Chenonceaux, Chantilly, Anet, Ecouen, Dampierre, Challuau, Beauregard et *Bury*. Légères mouillures.

151. Le Gouvernal de Ambroyse Bachot, capitaine ingénieur du Roy. *Imprimé à Melun, soubs l'auteur*, 1598, pet. in-fol., demi-rel. dos et coins de veau gris, dos orné, tête dor. (*E. Rousselle.*)

Rare et curieux traité d'architecture militaire de la fin du XVIe siècle.

Il se compose d'un frontispice gravé, d'un titre typographique (qui manque dans cet exemplaire), de 44 pp. ornées de fig., et de 54 planches hors texte, gravées sur cuivre, ayant pour sujets la fortification, la géométrie, l'arpentage, la balistique et l'élévation des eaux.

Fortes mouillures et raccommodages. Quelques pl. ont été coloriées.

152. Architectura von Ausstheilung, Symmetria und proportion der funf seulen, und aller darauss volgender kunst Arbeit, von Festern, Caminen, Thurgerichten, Portalen, Bronnen und Epitaphien... Durch Wendel Ditterlin, maler zu Strasburg. *Getruckt zu Nurnberg, Hubrecht und Balthasar Caymor*, 1598, in-fol., veau marbré.

Édition originale comprenant 209 ff. chiffrés y compris le titre gravé, le portrait de l'auteur, 7 ff. de texte, et 4 frontispices.

Le style contourné, surchargé et bizarre que l'auteur a employé en font un ouvrage excessivement curieux pour l'histoire de l'art architectural allemand à la fin du XVIe siècle. Il renferme des modèles de portes, de fenêtres, de cheminées, de fontaines, de grottes, de puits, de colonnes, de cartouches d'armoiries, etc., etc.

On a ajouté une épreuve du titre, tirée avant la lettre.

153. Cartouches d'Agostino Mitelli, 1636. Pet. in-fol., cart.

Réimpression exécutée au XVIIIe siècle par *Huquier*.

Ce recueil comprend :

1° La suite de 24 pièces, dédiée « All ill. Sig. Franco Maria Zambeccari », datée de 1636.

2° La suite de 12 pièce, signée : « Agno Mitelli in. Bononiæ ».

3° Une suite, sans aucune inscription, de 12 grands cartouches, genre coquille, de style Louis XIII.

4° 10 pièces (la plupart d'ancien tirage, mais défectueuses) : Cartouches, Plafond, Vase, Tombeau, etc.

Ensemble 58 planches.

154. Livre de diverses grotesques, peintes dans le cabinet et bains de la reyne regente au Palais Royal, par Simon Vouet,

peintre du roy et gravées, par Michel Dorigny, 1647. *Paris, aux galeries du Louvre*, in-4, cart.

Titre et 14 planches de très bon style Louis XIII, représentant des panneaux formés par des ornements et des figures encadrant des paysages, des chiffres ou des sujets mythologiques.

Exemplaire grand de marges.

155. Nouvelles inventions de Cartouches désignés et gravés à l'eau-forte par E. de la Belle, florantin. *Paris, Vve Langlois*, 1647, in-12, *en feuilles* montées sur bristol.

Suite complète de douze belles petites pièces.

156. ŒUVRES D'ARCHITECTURE DE JEAN LE PAUTRE, architecte, dessinateur et graveur du Roi. *Paris, Ch. Ant. Jombert*, 1751, 3 vol. pet. in-fol., veau marbré, tr. rouge. (*Rel. anc.*)

Recueil de 125 cahiers de suites d'ornement, de décoration d'intérieurs et de perspective, de *Jean le Pautre*, rééditées par Jombert et comprenant, outre les titres et tables de chacun des volumes, 3 frontispices et 782 planches gravées sur cuivre. Remarquons que le 122e cahier ne doit renfermer, conformément à tous les exemplaires connus, que 4 pl. au lieu de 6, que demande la table du 3e volume. Les deux cahiers 37 et 44 sont dus, l'un à *Oppenort*, l'autre à *Pierre le Pautre*.

Légère brûlure à la marge des pl. 14-15 du 1er cahier.

157. Architecture françoise des sieurs Jean Marot père et fils. *S. l. n. d.* (*Paris, vers* 1670), in-fol., veau.

Important recueil pour l'histoire monumentale de Paris dont la presque totalité est consacrée aux principaux édifices publics et particuliers de cette ville. On y remarque, entre autres, les palais du Louvre, des Tuileries, du Luxembourg, de Richelieu, de Mazarin; les églises de la Sorbonne, du Val-de-Grâce, de l'Assomption, des Feuillantines, des Minimes, de Saint-Gervais; les hôtels de Condé, de Conti, de Beauvais, de Chevreuse, de Lionne, Hesselin, du Grand Prieur, Guénégaud, Carnavalet, etc. Le célèbre portail des marchands drapiers, aujourd'hui reconstitué au musée de la ville; les sépultures royales de Saint-Denis, et une curieuse figure représentant le « tirage de la loterie dans l'isle Nôtre-Dame ».

Ensemble 177 planches, dont plusieurs ont été réunies par leurs marges latérales, et dont le détail se trouve dans une table imprimée en 2 ff. insérée à la fin du volume.

158. Ornemens d'Orfèvrerie propres pour flenquer et emailler. Cinq desseins de boëstes de miroirs faits pour les ambassa-

deurs de Siam, par Ducerceau. (*Paris*, 1680), pet. in-fol., *en feuilles*.

Suite complète de six pièces dessinées et gravées par *Paul Androuet du Cerceau*.

159. Œuvre de Jean Bérain. *Paris*, (1665-1711), in-fol., veau. (*Rel. anc.*)

Recueil du plus pur style Louis XIV. « Bérain, nous dit Mariette, a joui pendant toute sa vie d'une très grande vogue; on ne faisait rien, en quelque genre que ce fût, sans que ce soit dans sa manière, ou qu'il en eût donné les dessins. »

Le présent volume contient :

1. Un titre : *Ornemens inventez par J. Bérain*.
2. Portrait de Bérain gravé en 1709, par *Duflos*, d'après *Vivien*.
3. *Desseins de cheminées*, 20 pl., dont une défectueuse.
4. Chapiteaux et corniches, 6 pl.
5. Panneaux et arabesques, 48 pl.
6. Grilles, balcons, chapiteaux et frises de métal, 5 pl.
7. Consoles, petits vases, costumes, 1 pl.
8. Temple et torchères, 1 pl.
9. Torchères, 2 pl. de 2 pièces chacune.
10. Panneaux de carrosse, 1 pl.
11. Pendules, vases, armes, chandeliers, 5 pl.
12. Appliques, bouts de table, commodes, lustres, 5 pl. dont une défectueuse.
13. Montants d'ornements, 1 pl.
14. Parterres de jardins, 10 pl.

Ensemble 107 planches gravées par *Scotin*, *Bénard*, *Dolivar*, *Daigremont* et *Le Pautre*.

160. Ornemens de peinture et de sculpture qui sont dans la Galerie d'Apollon, au chasteau du Louvre et dans le grand appartement du Roy au Palais des Tuilleries, dessinez et gravez par les Srs Bérain, Chauveau et le Moine. *S. l.* (*Paris*), 1710, in-fol., demi-rel. veau fauve.

Suite complète de un titre gravé par *Scotin* d'après *J. Bérain fils*, et de 28 planches, dont 11 gravées par *Jean Bérain fils*, 13 par *Chauveau* et 4 par *Lemoyne*.

Belles épreuves.

161. Opera D. Marot, architecti Gulielmi III, regis Magnæ Britanniæ, continentia magnam multitudinem inventorum in usum Architectum, Pictorum, Sculptorum, Fabrorum aurariorum, Hortulanorum, aliorumque quæ omnia collecta sunt

et accomodata studiis eorum, qui Bonarum amore ducuntur. *S. l. n. d.* (*La Haye*, 1702), pet. in-fol., veau fauve, dos orné, fil., tr. dor. (*Krafft.*)

Recueil publié par *Daniel Marot* « avec privilège des Etats-Généraux des Provinces-Unies ». Il comprend : Peintures de salles et d'escaliers, 6 pièces. — Appartements, 12 pièces. — Décorations de théâtre, 6 pièces. — Plafonds, 12 pièces. — Cheminées, 6 pièces. — Panneaux, 11 pièces (sur 12). — Ornements de broderie, 6 pièces. — Serrurerie (grilles, balcons, rampes), 6 pièces. — Berceaux de treillage, 6 pièces. — Parterres, 6 pièces. — Fontaines, 6 pièces. — Statues, 6 pièces. — Vases, 12 pièces, — Ornements d'orfèvrerie, 12 pièces. — Carrosses, 6 pièces. — Tableaux des feux d'artifice, 6 pièces. — Paysages et perspective, 12 pièces. — Vues et bâtiments, 6 pièces de double format (remargées) inconnues à Guilmard. — Tableaux de portes et de cheminées, 6 pièces. — Cabinets de jardins avec cascades, 6 pièces. — Parterres, 18 pièces. — Housses en broderie, 6 pièces. — Cheminées à la hollandaise, 6 pièces. — Cheminées avec glaces, 6 pièces. — Pendules et étuis de montres, 12 pièces. — Tombeaux, 12 pièces. — Portes cochères, 6 pièces. — Arcs de triomphe, 12 pièces. — Patrons d'étoffe et de velours, 5 pièces (sur 6).

Ensemble 238 planches.

Le titre et quelques planches ont été remontés.

162. Cours d'Architecture, qui comprend les ordres de Vignole, avec des commentaires, les figures et les descriptions de ses plus beaux bâtimens, et de ceux de Michel-Ange, des instructions et des préceptes et plusieurs nouveaux desseins... et généralement tout ce qui regarde l'art de bastir, par le sieur C. A. d'Aviler, architecte. *Paris, Jean Mariette*, 1738, in-4, pl., veau. (*Rel. anc.*)

158 planches gravées en taille-douce.

163. Les Mois de l'année, inventés par Claude Audran et gravés par son frère. *Se vend à Paris, en l'hôtel royal des Gobelins, s. d.* (*vers* 1690), pet. in-fol., demi-rel. veau.

Suite de 12 panneaux, sur 6 feuilles, représentant les 12 mois de l'année personnifiés par les dieux de l'Olympe : Junon, Neptune, Mars, Vénus, Apollon, Mercure, Jupiter, Cérès, Vulcain, Minerve, Diane et Vesta entourés de leurs attributs.

164. Nouveau Livre de différens Cartouches, Couronnes, Casques, Supports et Tenans. Dessignez et gravez par C. Mavelot, maistre graveur et graveur ordinaire de S. A. R. Mademoiselle. Ouvrage utile aux peintres, sculpteurs, graveurs, orfevres, tapis-

siers, brodeurs et autres. *Il se vend chez le dit Mavelot court neuve du Palais (à Paris), s. d. (vers 1680)*, in-8 oblong, veau.

Très rare recueil de cartouches d'armoiries. Il comprend 4 ff. lim. gravés pour le titre, la dédicace, les armes et le chiffre du duc de Saint-Aignan, 43 ff. de cartouches et 31 pp. typographiques d'explication. On y trouve tous les modèles pouvant servir à tous les degrés de la noblesse, depuis le roi jusqu'au simple écuyer.

Piqûres de vers et cassures du papier dans la marge de plusieurs feuillets. Cachet sur le titre.

165. [Nouveaux Livres d'ornemens propres pour peintres et graveurs, orphevres et autres. Inventée et gravée par Estienne Joseph Daudet, 1689], in-4, *en feuilles*.

Huit pièces sur 12 dont se compose cette suite, représentant des Rinceaux d'ornements, entremêlés de figures d'hommes et d'animaux, d'armoiries et autres motifs.

166. [Recueil de Serrurerie des XVIIe et XVIIIe siècles]. Petit in-fol., cart.

1. *Différents portraitz pour les serruriers nouvellement inventez*, 1615, par *A. Bacquard*, 5 pièces (sur 6). Entrées de serrures.

2. Palastre, une pièce, par *Jean Le Parizie*.

3. Porte de balustrade, précédé du titre gravé, par *Jac. Buys*. « Ceste balustrade a esté inventé faicte et posée en l'année 1678 dans l'église paroissiale du royal monastère de Sainct Pierre de Lyon, par Jean Maliard, maistre serrurier audict Lyon... », 2 pièces.

4. *Divers livres de serrurerie et d'ornement faits par G. Vallée, maitre serrurier à Paris et gravez par son fils*, titre, 10 pl. de balcons, 6 rampes d'escaliers et une suspension.

5. Rampes d'escaliers, par *Babin*, 6 pièces du cahier E.

6. Grilles, par *Lalonde*, 7 pièces. (La 1re représente la grille du Palais de Justice de Paris.)

7. Balcons, rampes d'escaliers grilles de chapelles, édités par *Mariette* et *Chéreau*, 16 pièces.

Ensemble 49 planches.

167. Vases, Cartouches, Trophées, Mascarons, etc., par J. Bernard Toro. Pet. in-fol., cart.

Recueil d'une partie de l'Œuvre de *Toro*, publiée au commencement du XVIIIe siècle.

1. *Livre de tables* (Paris, Buisson), titre seul gravé par *de Rochefort*.

2. *Desseins arabesques à plusieurs usages*. Paris, Buisson, titre et 5 pièces gravés par *Cochin*.

3. Vases, gravés par *B. Pavillon*, 4 pièces (sur 6).

4. Vases, gravés par *de Rochefort et Cochin* 5 pièces (manque le titre.)

5. Vases (sans titre), *H. B. ex.* (*Honoré Blanc*), 6 pièces.

6. *Trophées nouvellement inventés*, par *J. B. Toro* (Paris Gautrot), titre et 5 pièces gravés par *Cochin.*

7. *Livre nouveau de Cartouches dédié à M. Louis Lenfant* (Paris, de Poilly); titre et 5 pièces.

8. Cartouches. *Dédié à Messire François de Boyer, H. Blanc. ex.*, titre et 5 pièces.

9. Mascarons et têtes de grotesques, 4 pièces (sur 6), sans la signature de *Toro*, gravés par *H. Blanc.*

10. *Desseins à plusieurs usages.* Titre et 2 pièces (sur 5), motifs sur le dieu Pan, gravés par *H. Blanc.*

11. Deux cartouches gravés par *Cochin*, un cartouche et un panneau gravés par *Pavillon.*

Ensemble 51 planches.

168. Le Temple des Muses, orné de LX tableaux où sont représentés les Evénemens les plus remarquables de l'antiquité fabuleuse; dessinés et gravés par B. Picart le Romain, et autres habiles maîtres; et accompagnés d'explications et de remarques (par La Barre de Beaumarchais) qui découvrent le vrai sens des fables, et le fondement qu'elles ont dans l'histoire. *A Amsterdam, chez Zacharie Chatelain*, 1733, in-fol., fig., mar. rouge, dos orné, fil., tr. dor. (*Rel. anc.*)

Édition ornée des figures de *Bernard Picart* en TIRAGE ORIGINAL, encadrées par des bordures du plus beau style ornemental.

Exemplaire parfaitement conservé et dans une excellente reliure ancienne.

169. Essais de Gravure par Pierre Bourdon, maître graveur à Paris. Où l'on voit de beaux contours d'ornemens traités dans le goût de l'art propre aux Horlogeurs, Orfévres, Cizeleurs, Graveurs et à toutes autres personnes curieuses. *Se vendent à Paris, chez l'Auteur, place Daufine*, 1703, in-4, *en feuilles.*

Première et troisième suites de sept pièces chacune, représentant des cuvettes de montre, des cadrans, des aiguilles, des cachets, des pommes de canne, etc.

La 2e pl. du livre troisième manque, et l'ensemble a subi quelques raccommodages.

On y joint une pièce du maître allemand *Frédéric-Jacob Morisson :* croix, pendeloques, cachets, colliers, etc.

Ensemble 14 planches.

170\. Nouveaux dessins de Lits inventés par le sieur Pineau. *Paris, Mariette, s. d.* (*vers* 1720), pet. in-fol., *en feuilles*.

Quatre planches (sur 6) de Dossiers de sièges et de Ciels de lits, par *Nicolas Pineau*. (La pl. 6 est en double.)

On y joint une planche, Ciel de lit, de *P. P. Baqueville*, gravée par *Spætt*.

Ensemble 5 pièces.

171\. Nouveaux desseins de Pieds de Tables et de Vases et Consoles de sculpture en bois inventés par le sieur Pineau, sculpteur. *Paris, Crépy fils, s. d.* (*vers* 1720), in-fol., *en feuilles*.

Cinq pièces (sur 6) de modèles de tables-consoles accompagnées de petites consoles-appliques avec vases, dessinées et gravées par *Nicolas Pineau*.

On y joint 4 pièces du même artiste, non signées, représentant également des consoles et des vases. Ces planches ont été publiées par *Jacques Chéreau*.

Ensemble 9 planches.

172\. Grandes et moyennes Arabesques, par Antoine Watteau, exécutées au commencement du XVIIIe siècle. In-fol., cart. et *en feuilles*.

Recueil de TRENTE-QUATRE planches d'Arabesques gravées d'après les dessins d'*Ant. Watteau*, dont :

Dix-sept par HUQUIER : *L'Air*. — *La Terre*. — *Le Feu*. — *La Grotte*. — *La Pèlerine altérée*. — *Les Jardins de Bacchus*. — *Les Jardins de Cythère*. — *L'Heureuse rencontre*. — *Le Rendez-vous* (même pièce que la précédente sous un autre titre). — *Le Repos gracieux*. — *Le Chasseur content*. — *L'Eté*. — *L'Empereur chinois*. — *Divinité chinoise*. — *La Décesse* (*Diane*). — *La Voltigeuse*. — *La Danse bachique*.

Sept par J. MOYREAU : *Le Vendangeur*. — *Le Frileux*. — *La Cause badine*. — *Les enfans de Momus*. — *Le Marchand d'orvietan*. — *La Favorite de Flore*. — *Feste bachique*.

Trois par BOUCHER : *Le Dénicheur de moineaux*. — *Le Printemps*. — *L'Automne*.

Trois par AVELINE : *L'Enjoleur*. — *Bacchus*. — *Le May*.

Une par L. CRÉPY FILS : *Le Berger content*. — Une par LE BAS : *La Balanceuse*. — Et une par G. SCOTIN : *Partie de chasse*.

Ces trois dernières planches et la Fête bachique de *Moyreau* forment la seule série des quatres grandes arabesques contenues dans le recueil, toutes les autres sont moyennes, soit en hauteur soit en largeur.

On joint la gravure, par *Tardieu*, du tableau de *Watteau*, où cet artiste s'est représenté auprès de M. de Julienne, son ami et son Mécène.

Ensemble 34 planches.

173. Fête champêtre, par Antoine Watteau. In-fol., sur bristol.

Très belle et très rare pièce AVANT LA LETTRE et AVANT le nom des artistes.

174. L'Art de bâtir des maisons de campagne, où l'on traite de leur distribution, de leur construction, et de leur décoration, par C.-E. Briseux. *Paris*, *Prault*, 1743, 2 vol. in-4, pl., veau (*Rel. anc.*)

260 planches gravées en taille-douce : plans, coupes, élévations, décorations intérieures, etc., etc.

175. Œuvre de J. de La Joue. *Paris*, *vers* 1750, in-fol., cart. et *en feuilles*.

1. *Livre nouveau de douze morceaux de fantaisie*. Paris, Huquier, 10 pièces (sur 12).

2. *Premier livre de divers morceaux d'architecture, paysages et perspective... gravé par Huquier*. Paris, Huquier, 11 pièces (sur 12).

Livre d'architecture, paysages et perspectives (2e partie). Paris, Huquier, 9 pièces (sur 12).

Ibid. (4e partie). Paris, Desnos et Huquier, 12 pièces.

3. *Recueil nouveau de differens cartouches* gravés par *Huquier*, *Cochin* et *Joullain*. Paris, Huquier, 12 pièces.

(*Second livre de cartouches*). Paris, Huquier, 12 pièces (manquent les nos 1 et 3).

Troisième livre de cartouches. Paris, Huquier, 12 pièces (manque le no 12).

4. *Livre de cartouches de guerre*. Paris, Mondhare, 1768, 7 pièces y compris le titre.

5. *Livre de divers Esquices* (sic) *et griffonemens*, gravé par *Huquier*. Paris, Huquier, 6 pièces (sur 10), avec 8 motifs sur chaque feuille.

6. *Nouveaux tableaux d'ornements et de rocailles*, publiés et gravés par *Huquier*, 12 pièces (sur 24).

7. *Livre de Buffets*, publié et gravé par *Huquier*, 6 pièces.

8. *Livre de Vases*. Paris, Huquier, titre seul.

9. Quatre planches publiées par Basan : *Observation chinoise; Prosternation chinoise; Conversation chinoise; Divertissement chinois*.

10. Six figures : *l'Eloquence; l'Histoire; la Marine; l'Optique; la Botanique; la Pharmacie*.

11. Quatre panneaux : *la Terre, l'Eau, le Feu* et *l'Air*.

12. Une pièce : *La Fontaine* (en double).

Ensemble 122 planches.

176. Ouvrage de plusieurs Trophées de sculpture en bois faites au chœur des R. P. Jacobins du noviciat du faub. S. Germain de Paris, où sont représentées les figures de l'ancien Testa-

ment, etc., par **François Roumier**. *Paris, Daumont, vers* 1745, in-fol., *en feuilles*.

Suite de douze pièces gravées sur 6 feuilles; rare à trouver complète, Guilmard n'en cite que 8.

Au verso de tous les feuillets, la signature autographe de Philidor.

177. **Recueil de plus de six cents Vases, nouvellement mis au jour, composées** (*sic*) **et gravés en partie par Huquier. Collection très utille à différents artistes.** *A Paris, chez Huquier, s. d.*, pet. in-4 oblong, demi-rel. dos et coins de veau fauve, dos orné, éb.

Suite complète de 108 pièces de modèles de vases de styles Louis XV et Louis XVI, de formes les plus gracieuses et les plus variées, dessinée par *Jacques Gabriel Huquier père* et gravée en partie par cet artiste.

178. **Premier [-Septième] livre de Forme rocquaille** (*sic*) **et cartel, inventez par Mondon le fils et gravé par Aveline.** *Paris, Mondon le fils*, 1736, in-fol., *en feuilles*.

Sept cahiers de sept planches chacun, desquels il nous manque : cahier A, nos 4, 6, 7; cahier C, no 4; cahier F, nos 1, 2, 4, 6, 7; cahier G, nos 1, 2, 3.

Ensemble 37 planches (sur 49).

179. **Les Heures du Jour, par Mondon fils, gravées par Aveline.** *Paris, Aveline et Mondon, vers* 1745, in-fol., *en feuilles*.

4 pièces aux armes du duc de Châtillon : *l'Heure du matin*, avec huitains par Moraine; *l'Heure du midi; le Tems de l'après-midi* (avant les vers et les noms des artistes); *le Tems de la soirée*.

On joint du même dessinateur : *Le Bal enfantin, les Jeunes Chasseurs*, et *l'Après midy*, 3 pièces gravées par *Dupin*.

Ensemble 7 planches.

180. **Fêtes publiques données par la ville de Paris, à l'occasion du mariage de Monseigneur le Dauphin, les 23 et 26 février 1745.** *S. l.* (*Paris*), 1745. — **Fête publique donnée par la ville de Paris à l'occasion du mariage de Monseigneur le Dauphin, le 13 février 1747.** *S. l.* (*Paris*), 1747. Ensemble 2 tomes en un vol. in-fol., front. et pl., demi-rel. veau fauve, dos orné.

Relations et descriptions des fêtes données à Paris, lors des deux mariages du fils de Louis XV avec Marie-Thérèse d'Espagne et avec Marie-Josèphe de Saxe.

Le premier de ces magnifiques ouvrages, entièrement gravé, contient un titre par *Eisen*, un frontispice de *Hutin*, 9 feuillets de texte avec encadrements et 19 grandes et belles planches, dont 15 par *Cochin fils*.

Le second, également gravé en entier, comprend un titre d'après *Fr. Blondel*, un frontispice de *M. A. Slodtz*, 6 feuillets de texte avec de très beaux encadrements dus à *Le Lorrain*, et 7 planches de chars et de feu d'artifice gravées par *Lemire*, *Tardieu*, *Benoist* et autres.

Quelques mouillures.

181. Livre de Vases, par François Boucher. *Paris, Huquier, s. d.* — Recueil de Fontaines, inventées par F. Boucher. *Paris, Huquier, s. d.* — Second livre de Fontaines, inventées par F. Boucher. *Paris, Huquier, s. d.* En un vol. gr. in-4, demi-rel. veau fauve.

Recueil formé de trois suites, exécutées au milieu du XVIIIe siècle, par *François Boucher père*.

La première, de genre rocaille, comprend 12 pièces gravées par *A. Bouchet* et *Huquier*.

La deuxième et la troisième, de 7 pièces chacune, composées également dans le genre rocaille, avec groupes de naïades et de tritons, ont été gravées par *P. Aveline*.

L'eau-forte de la 1re planche de la 3e suite, et le titre du « Livre d'étude d'apres les dessins originaux de Blomart, gravés par François Boucher », ont été ajoutés au recueil.

Ensemble 28 pièces.

182. Livre de Vases de François Boucher, peintre du roy. *Paris, Huquier, s. d.*, in-4, *en feuilles*.

Dix pièces (sur 12), gravées par *A. Bouchet* et *Huquier*; 2 ont été remargées à châssis.

183. Livres de Cartouches inventés par François Boucher, peintre du Roy. *A Paris, chez Huquier, s. d.*, in-fol., demi-rel. veau fauve.

Belle suite de 12 grands cartouches allégoriques, dont les milieux ont été laissés en blanc. La 3e planche est en double état, et les 10e, 11e, 12e en état terminé et en état d'EAU-FORTE.

Ce recueil contient en outre :

1° 6 panneaux ou motifs de tapisserie : *Hommage champêtre*, *Triomphe de Pomone*, *Triomphe de Priape*, *Rocaille*, *Léda* et *la Chasse*.

2° 3 frontispices : le 1er gravé par *Duflos*, pour un ouvrage sur l'art militaire; le 2e, allégories littéraires et scientifiques, avec les armes des Rochechouart; le 3e, sujet maritime gravé par *J.-B. Tillard*, avec cette légende de Virgile : « Quos ego Sed motos præstat componere fluctus. »

3° Un brevet de franc-maçonnerie de la loge de l'Amitié, de Bordeaux, gravé par *Choffard* en 1766.

Ensemble 26 pièces.

184. Grands Cartouches allégoriques, par François Boucher. *Paris, Huquier, s. d.*, in-fol., *en feuilles.*

Ces cartouches, d'une très belle composition, portent en leur centre diverses dédicaces, dont voici la transcription :

1. *Guillelmo comiti Cowper, etc., magnæ Britanneæ Cancellario.* — 2. *Guillelmi III Libertatis Angliæ vindicis memoriæ immortali* (2 états : avec lettre et EAU-FORTE). — 3. *Joanni Churchill duci de Marlboroug forti, felici, invicto.* — 4. Pièce à l'état d'EAU-FORTE, aux armes d'un lord anglais.

On y a joint une pièce, *sujet champêtre*, par le même artiste ; et une autre pièce gravée par *Le Mire*, en 1758, d'après *Gravelot*, représentant une allégorie de la Topographie.

Ensemble 7 planches.

185. Livres de Groupes d'Enfants, par F. Boucher, peintre du Roy. *Paris, Huquier, s. d.*, gr. in-4, cart.

Recueil comprenant les 1er, 2e, 3e et 5e livres d'enfants de *François Boucher père*, de 6 pièces chacun, gravés par *P. Aveline, Huquier fils* et *Louis-Félix La Rue*, ainsi que le titre du 4e livre gravé par *Aveline*.

Ensemble 25 pièces.

186. Livre nouveau ou règles des cinq ordres d'Architecture, par Jacques Barozzio de Vignole. Nouvellement revû, corrigé et augmenté par Monsieur B*** (Blondel), architecte. Le tout enrichi de cartels, culs-de-lampes, paysages, figures et vignettes très utiles aux élèves et à ceux qui veulent apprendre le dessin, d'après MM. Blondel, Cochin et Babel. L'on y a joint les plus beaux Edifices et Palais qu'il y ait en Europe, etc. *Paris, Charpentier*, 1757, in-fol., veau marbré, dos orné, fil. (*Rel. anc.*)

Ouvrage intéressant, contenant 100 planches, dont les 30 premières sont consacrées aux cinq ordres d'architecture ; les suivantes aux portails des principales cathédrales de France et de l'étranger, à la décoration intérieure des appartements, à l'ameublement et à l'art du serrurier. La plupart de ces dernières sont signées : *Blondel, Cuvillier, Huquier, Mansart, Meissonnier, Oppenort*, etc.

187. Recueil de Décorations d'appartements exécutées au XVIIIe siècle. Pet. in-fol., cart.

Lambris, par *Blondel, Jean Mansart l'aîné, Moreau, Cornille, Pineau*, etc., 29 pl. — Cheminées, par *Le Canu, de Bros*, etc., 16 pl. — Portes, vestibules, bibliothèques, chambre de bain, 10 pl. — Façade de boutique, par *Lalonde*, 1 pl. — Plafonds, par *Cotelle*, 2 pl. — Plafond de la salle d'un hostel basty à Stockholm, gravé par *Séb. Leclerc*, 1 pl. —

Appartements des princes au château de Versailles, 4 pl. — Théâtre de la salle des machines aux Tuileries, 6 pl. — Chœur de N.-D. de Paris, 3 pl. gravées par *Blondel.* — Profils de chambranles, 6 pl.

Ensemble 78 pl.

188. **Recueil des Ouvrages en serrurerie que Stanislas le Bienfaisant, roy de Pologne, duc de Lorraine et de Bar, a fait poser sur la place royale de Nancy, à la gloire de Louis le Bien-Aimé. Composé et exécuté par Jean Lamour, son serrurier ordinaire; avec un discours sur l'art de serrurerie et plusieurs autres desseins de son invention.** *A Nancy, chez l'auteur, s. d.* (1768), in-fol., cart.

Ouvrage reproduisant les célèbres grilles de Nancy et autres ouvrages de serrurerie exécutés par le fameux maître lorrain Jean Lamour. Il se compose de 5 ff. (pour le « Préliminaire apologétique » et l'explication) et de 28 planches, gravées par *Collin* et *Nicole fils*, y compris le titre, la dédicace et l'en-tête du « préliminaire. »

Les pl. 4 à 7 ont été assemblées en une seule feuille et les pl. 25, 26. 27, 28, sont tirées sur les deux derniers feuillets.

189. **ŒUVRE DE JEAN PILLEMENT.** *Paris*, 1758-1774, pet. in-fol., cart.

Important recueil de la plus grande partie de l'œuvre de ce célèbre dessinateur ornemaniste du siècle dernier. Il comprend :

1. *Fleurs persannes*, gravées par *Pillement* lui-même. Paris, Leviez, 6 pl.

2. *Recueil de nouvelles fleurs de goût*, gravées par *Hess*. Paris, Leviez, 6 pl. (les pl. 1 et 2 sont doubles, avant et avec le trait d'encadrement).

3. *Fleurs baroques*, gravées par *Hess*. Paris, Leviez, 6 pl. Suite double avec et avant le trait d'encadrement.

4. *Recueil de fleurs de caprice* (1760). Paris, Leviez, 9 pl.

5. *Fleurs idéalle* (*sic*), gravées par *Édouard Gauthier-Dagoty*. Paris, Le Père et Avaulez; Leviez, 1770, 6 pl. Suite double en noir et en rouge-noir.

6. Fleurs idéales, gravées par *Jeanne Deny*. 6 pl. Suite double avec et avant le trait d'encadrement; les pl. 4 et 6 de ce dernier état manquent.

7. Petits ornements chinois. 6 pl.

8. Médaillons chinois. 6 pl. avec 2 sujets dans chaque encadrement, coloriés en partie.

9. *Cahier de petits ornements et figures chinoises*, gravés par *J.-J. Avril*, 1773. Double suite de 6 pl. avec le nom de Leviez, 5 pl. (sur 6), et avec celui de Le Père et Avaulez, complète.

10. *Livre de Chinois*, gravée par *P.-C. Canot*. London, 1758, 1 pl. (sur 8).

11. *Cahier de douze barques et chariots chinois*, gravés par *P.-G. Tavenard*. Paris, Le Père et Avaulez, 6 pl. à deux sujets.

12. 1er [*et* 2e] *cahier de six baraques chinoises*, gravées par *Jeanne Deny* et *Dagoty*. Paris, Chéreau, 12 pl.

13. Fleurs, gravées par *Gauthier-Dagoty*, 10 pl.

14. *Recueil de tentes chinoises*, gravées par *Jeanne Deny?* Paris, Leviez, 6 pl.

15. *Recueil de fontaines chinoises*, gravées par *Jeanne Deny*. Paris, Le Père et Avaulez, 1770, 6 pl.

16. *Cahier de six baraques chinoises*, gravées par *J. Deny*. Paris, Leviez, 1770, 6 pl. Les pl. 1 et 6 sont doubles, avec le nom des éditeurs Le Père et Avaulez.

17. *Cahier de figures chinoises*, gravées par *J.-J. Avril*. Paris, Le Père et Avaulez, 1772, 3 pl. (sur 6).

18. *Petits parasols chinois*, gravés par *J.-J. Avril*. Paris, Le Père et Avaulez, 1774, 3 pl. (sur 6).

19. *Nouveau cahier de six feuilles de différents sujets chinois historiés, représentant les cinq sens de la nature*, gravés par *J.-J. Avril*. Paris, Le Père et Avaulez, 5 pl. (sur 6). La 1re pl. possède un double avec le nom de l'éditeur Leviez.

20. *Nouvelle suitte de cahiers de dessins chinois* et *Nouvelle suite de cahiers de fleurs ideales*, gravées par *Anne Allen*, 23 pl., dont 6 titres, appartenant à une série extrêmement rare, composée de 45 pièces charmantes, imprimées en couleurs.

21. *Cahier de six nœuds de rubans ornés de fleurs*, gravés par *Louis Dagoty*. Paris, Le Père et Avaulez, 6 pl.

22. *Recueil des trophées chinois*, gravés par *Hess*. Paris, Leviez. 1770, 6 pl.

23. Quatre pl. rocailles avec sujet central : Robinson Crusoé, Fanchon la vielleuse, Une fleuriste, Un montreur de curiosités, gravées par *Pillement*. — Guilmard ne cite que 2 pièces de cette série.

24. *Différentes figures chinoises*, 1758, 8 pl. Le titre et la pl. 5 sont en double.

25. *Étude de différentes figures chinoises*, 1758. Paris, Leviez, 8 pl.

26. 1re *suite de divers sujets de figures, de paysages et d'ornements chinois et françois*. Paris, Crépy, 1 pl.

27. *Différens ornemens, fleurs et oiseaux*. Paris, Juillet, Mondhare, 1766. 1re suite, 3 pl. ; — 4e suite, 4 pl. ; — 7e suite, 4 pl. ; — 8e suite, 1 pl., et 9e suite, 1 pl. coloriée. Ens. 13 pl.

28. *Livre de bouquets, corbeille et vases de fleurs*, gravés par *Pillement*. Paris, Crépy, 2 pl. en sanguine (sur 6).

29. *Recueil* (*Premier et second*) *de différents bouquets de fleurs*, gravés par *Canot* et par *J.-J. Avril*. Paris, Leviez, 1760-1773, 9 pl. en couleurs et 10 pl. en noir (dont 5 sont des doubles des coloriées).

30. Petits bouquets de fleurs, gravés par *Bréant*, 6 petites pl. à 2 sujets.

31. *Recueil de diverses fleurs*, 12 pièces sur 3 feuilles.

32. Insectes, 1 pl.

33. Divers paysages chinois, 4 pl.

Ensemble 247 planches.

190. Œuvre de Jean Pillement. *Paris et Londres*, 1759-1771. in-fol., cart.

Recueil comprenant une portion de l'Œuvre de Pillement exécutée dans le goût chinois rocaille de l'époque Louis XV.

1. Fleurs de caprice, 1760, 7 pl. dont une en contre-épreuve.

2. *Cahier d'Oiseaux chinois, gravés par J.-J. Avril* (Paris, Dalmon), 6 planches (les pl. 1 et 2 sont en double, avec et avant les signatures).

3. *Cahier de Parasols chinois, gravés par J.-J. Avril* (Paris, Dalmon), 6 planches (la pl. 5 est double, avant et avec les signatures).

4. [*Cahier de Balançoires*] gravé par *Avril*, 5 planches (sur 6) dont 3 avant les signatures.

5. *Suite de jeux chinois*, gravée par *Demonchy*, 6 planches.

6. *Cahier de cartels chinois, gravés par Avril*, 6 planches (les pl. 1 à 5 sont doubles, avec et avant les signatures).

7. *Cahier de fleurs singulières, gravées par Avril*, 6 planches (la pl. 4 est double avant et avec les sign.).

8. [Paysages chinois] gravés par *Avril*, 7 planches (les pl. 4, 6, 7 sont avec le double filet).

9. *Suite de douze pêcheurs et chasseurs*, gravée par *Avril*, 12 planches avec numéros.

10. Les Mois de l'année, gravés par *Canot*, 12 pl., dont la plupart sont doubles, tirées en noir, en bistre ou en bleu. Ens. 19 planches.

11. *Recueil de différentes fleurs de fantaisie dans le goût chinois... gravées par P.-C. Canot;* titre et 7 planches.

12. *Recueil de plusieurs jeux d'enfants chinois, gravés par P.-C. Canot;* titre et 7 planches. On y joint le titre avec l'adresse de « Leviez à Paris » et le double des pl. 1 à 5.

13. [Diverses occupations des Chinois], gravées par *Canot* et *Avril;* 5 pl.; la 1re en quadruple état : claire-voie sans nom d'éditeur, doubles filets et claire-voie avec le nom de Leviez, doubles filets avec le nom de Le Père et Avaulez; la 2e et la 3e avant et avec les doubles filets; la 4e et la 5e avec les doubles filets.

14. Une pl. (marchand d'oiseaux), gravée par *Austin*.

15. 5 grandes planches : Distractions de Chinois, gravées par *Aveline*.

16. *Raccolta delle cose piu vedute dal cavalière Wild Scull, e dal sig. de la Hire, nel lor famoso viaggio dalla Terra alla Luna...*, titre et 9 planches d'une imagination des plus fantastiques dues au crayon d'un émule de Pillement.

Ensemble 137 planches.

191. Nouveaux Cartouches chinois [et nouveau livre de cartouches chinois], par A. Peyrotte, gravés par Huquier. *Paris, Huquier* (*vers* 1760), in-fol., *en feuilles*.

Deux suites de 7 pièces chacune. La première est incomplète des pl. 4 et 6, la seconde, du titre.

Deux pièces gravées en contre-épreuve ajoutées.

192. Divers ornemens dédiés à M. Tanevot, par Peyrotte. *Paris, Huquier* (*vers* 1760), in-fol., *en feuilles.*

1. Rinceaux et feuillages rocailles, gravés par *Huquier;* 6 pièces appartenant aux deux suites A et B.

2. Vases et rocailles, gravés par *J.-C. François;* 3 pièces.

3. Une pièce gravée par *Pariset.*

Ensemble 10 planches.

193. [Trophées dessinés par A. Peyrotte, gravés par Marie-Thérèse Martinet]. *Paris, Martinet* (*vers* 1765), in-4, *en feuilles.*

1. Suite de 8 pièces : *la Musique, la Peinture, la Sculpture, l'Amour, la Pêche, la Chasse; l'Agriculture, la Pastorale.* (Ces deux dernières font partie de la 2e suite.)

2. 4 pièces rondes gravées en sanguine par *Demarteau: la Musique, l'Agriculture, le Jardinage* et *la Guerre.*

Ensemble 12 planches.

194. L'Art du Menuisier, par M. Roubo fils, compagnon menuisier. (*Paris, Impr. Delatour*), 1769-1775, 3 vol. in-fol., pl., demi-rel.

Excellent ouvrage publié sous les auspices de l'Académie des Sciences, orné de 337 planches dessinées et gravées en taille-douce par *J. A. Roubo;* plus 45 pl. pour « *l'Art du Treillageur* » et 7 pl, pour « *l'Art du Layetier* » du même auteur.

195. Premier [— Deuxième] Recueil de Chiffres inventés par de Saint-Aubin, dessinateur du roi. *Paris, Chéreau, s. d.* (*vers* 1770), pet. in-fol., *en feuilles.*

Suites complètes de 7 et 6 pièces, numérotées de 1 à 13, de modèles de chiffres formés de fleurs, de rubans et de feuillages, dessinées par *Charles-Germain de Saint-Aubin,* gravées par *Marillier.* Les planches 2 à 7 de la première suite, et 9 à 13 de la seconde, sont en double état, AVANT et avec la lettre.

Ensemble 24 planches.

196. Recueil de plusieurs parties d'Architecture de différents maîtres, tant d'Italie que de France, mis au jour par M. Dumont, professeur d'architecture. (*Paris*, 1765), 2 vol. in-fol., cart. vélin.

Portrait et 190 planches gravées par *Charpentier, Choffard, Poulleau, Sellier,* etc., d'après les dessins de *Gabriel-Pierre-Martin Dumont,* représentant de nombreux plans, coupes, élévations et détails de monuments anciens et modernes : Saint-Pierre de Rome, Pæstum, N.-D. de Paris, Temples, Château, Maisons, etc., etc. — Le second volume est spécialement consacré aux théâtres et a pour titre : *Parallèle de plans des plus belles salles de spectacle d'Italie et de France, avec les détails de machines théâtrales.*

On a joint à la fin du 2e vol. 7 planches de différents artistes, représentant des monuments parisiens : La salle du Vaux-hall de la foire Saint-Germain. — La Statue et la décoration de la place Louis XV. — Le Garde-Meuble. — Le Colisée du faubourg Saint-Honoré. — L'église Sainte-Geneviève.

Beau recueil dans sa reliure primitive.

197. Recueil élémentaire d'Architecture, contenant plusieurs études des ordres d'architecture d'après l'opinion des anciens et le sentiment des modernes. Différents entrecolonnements propres à l'ordonnance des façades. Divers exemples de décorations extérieures et intérieures à l'usage des monuments sacrés, publics et particuliers. Composé par le Sieur de Neufforge, architecte. — Supplément au recueil élémentaire d'architecture... Composé par le Sieur de Neufforge. *A Paris, chez l'auteur*, 1757-1777, 10 tomes en 3 vol. in-fol., veau marbré, dos orné, fil., *non rognés.*

Magnifique exemplaire, entièrement, NON ROGNÉ, de cet ouvrage réputé. Il se compose de 150 cahiers donnant la représentation intérieure et extérieure de Monuments religieux, Palais, Hôtels, Maisons particulières, Arcs de triomphe, Fontaines, Théâtres, Tombeaux, Vases, Jardins, Grilles, Treillages, Alcôves, Cheminées, Plafonds, Rampes d'escaliers, Décorations intérieures, Églises, Chaires à prêcher, Orgues, etc., etc., et comprend 11 planches de titres et de tables, et 306 planches dessinées et gravées par *de Neufforge.*

Rare à rencontrer aussi complet et en aussi bel état.

198. Nouvelle iconologie historique ou attributs hiéroglyphyques qui ont pour objets les quatre éléments, les quatre saisons, les quatre parties du monde et les différentes complexions de l'homme, etc... par Jean Charles Delafosse, architecte décorateur et professeur en desseins. *Paris, chez l'auteur et chez de Lalin*, 1768, in-fol., basane, dos orné. (*Rel. anc.*)

Titre et 110 planches (numérotées 1 à 108, plus les nos 15 et 90 en double), divisées en 10 cahiers, précédés chacun d'un texte explicatif gravé.

199. Diverses Frises inventées et gravées par Delafosse. *Paris, Chéreau, s. d.* (*vers* 1771), pet. in-fol., *en feuilles.*

Suite complète de 12 pièces gravées par *Delafosse* et Mlle *Thouvenin.*

Premier tirage, avant les numéros. Les planches 9 et 10, remarque que n'a pas faite Guilmard (no 19, T. de l'Œuvre de Delafosse), ne sont pas celles de la suite avec les numéros.

On y joint la « Table indicative de 24 différents cahiers de décoration, sculpture, orfèvrerie et ornemens divers qui complètent l'Œuvre de J.-Ch. Delafosse et font suite à son iconologie historique », et 2 petites frises.

200. Diverses Frises inventées et gravées par Delafosse. *Paris, Chéreau, s. d.* (*vers* 1771), pet. in-fol., *en feuilles.*

Même suite que la précédente tirée, avec les numéros, sur 6 planches. Les pièces numérotées 9 et 10 sont différentes de la suite avant les numéros.

201. Tombeaux antiques, dessinés par Delafosse, gravés par Littret. *Paris, l'auteur, s. d.* (*vers* 1771), pet. in-fol., *en feuilles.*

Suite complète de six planches.

202. Suitte de Cartels et de Trophées d'après la Fosse. *Paris, Vve Chéreau, s. d.* (*vers* 1771), pet. in-fol., *en feuilles.*

Suite complète de 8 pièces, représentant des cartouches entourés d'attributs, gravés par *Germain*, sur six feuilles. Guilmard (no 22. X. de l'Œuvre de Delafosse) commet une légère erreur en disant que seule la feuille no 6 a deux motifs; la feuille 5, elle aussi, a été tirée avec deux cuivres, donnant deux motifs distincts.

203. Livre de Gaînes dans le goût antique. — Trépieds inventés par Delafosse et gravés par Mlle Thouvenin. *Paris, Chéreau, s. d.* (*vers* 1771), pet. in-fol., *en feuilles.*

Suite complète de 12 pièces tirées sur 6 feuilles; les gaines gravées par *Delafosse* lui-même, les trépieds et les deux frises par *Mlle Thouvenin.* Guilmard : no 23, Y. de l'Œuvre de Delafosse.

204. Livre de Gaînes dans le goût antique, dessiné et gravé par J. Ch. Delafosse. *Paris, Vve Chéreau, s. d.* (*vers* 1771), pet. in-fol., *en feuilles.*

Cinq pièces sur six (manque le no 5).

205. Tables, Consoles et Pendules en cartel, dessinées et gravées par J. C. de la Fosse. *Paris, Vve F. Chéreau, s. d.* (*vers* 1771), pet. in-fol., *en feuilles.*

Suite complète de 15 pièces tirées sur 6 feuilles (no 24, Z. de l'Œuvre de Delafosse).

206. Cahier de 6 Grilles de chenets et de Feux de cheminée, dessinés par J. Ch. Delafosse, gravés par Berthault. *Paris, Chéreau, s. d.* (*vers* 1771), pet. in-fol., *en feuilles*.

Suite complète de six pièces (n° 25, AA. de l'Œuvre de Delafosse).

207. Cahier de 6 Girandoles et Bras de cheminée, dessinés par J. Ch. Delafosse, gravés par Berthault. *Paris, Chéreau, s. d.* (*vers* 1771), pet. in-fol., *en feuilles*.

Suite complète de six planches (n° 26, BB. de l'Œuvre de Delafosse).

208. Cahier de 12 Flambeaux et Chandeliers de table, dessinés par J. Ch. Delafosse, gravés par Berthault. *Paris, Chéreau, s. d.* (*vers* 1771), pet. in-fol., *en feuilles*.

Suite complète de douze pièces, tirées sur six feuilles (n° 28, CC. de l'Œuvre de Delafosse).

209. Cahiers de Calices, Ciboires, Burettes; de Lutrins et de Soleils; de Chandeliers d'église, Pieds de croix, de Lampes, Encensoirs et Cassolettes; de Chaires de prédicateur et Buffet d'orgue, dessinés par J. Ch. Delafosse. *Paris, Chéreau, s. d.* (*vers* 1771), pet. in-fol., *en feuilles*.

Cinq suites complètes de 6 pièces chacune, gravées par *Berthault* et *Joly*. (Œuvre de Delafosse, n°s 28 à 32, DD. à HH.) Ensemble 30 planches.

210. Cahier de Poëles, piédestaux, athéniennes et frises, dessinés par J. Ch. Delafosse, gravés par Berthault. *Paris, Chéreau, s. d.* (*vers* 1771), pet. in-fol., *en feuilles*.

Suite complète de six planches (n° 33, II. de l'Œuvre de Delafosse).

211. Cahier de Pendules, Feux, Tables, Gaînes, etc., dessinés par J. Ch. Delafosse, gravés par Berthault. *Paris, Chéreau, s. d.* (*vers* 1771), pet. in-fol., *en feuilles*.

Suite complète de six pièces (n° 34, KK. de l'Œuvre de Delafosse).

212. Cahier de Vases, Fontaines et Tombeaux, dessinés par J. Ch. Delafosse, gravés par Foin. *Paris, Chéreau, s. d.* (*vers* 1771), pet. in-fol., *en feuilles*.

Suite complète de six planches (n° 35, LL. de l'Œuvre de Delafosse).

213. Cahier de Plafonds, Cheminées, Chapiteaux, Rosaces, etc., dessinés par J. Ch. Delafosse, gravés par Berthault. *Paris, Chéreau, s. d. (vers* 1771), pet. in-fol., *en feuilles.*

Suite complète de six pièces (nº 36, MM. de l'Œuvre de Delafosse).

214. Trophées dessinés par J. Ch. Delafosse. *Paris, Chéreau, s. d. (vers* 1771), pet. in-fol., *en feuilles.*

Huit cahiers cotés NN à UU, les six premiers gravés par *P. F. Tardieu* renferment 5 pièces chacun; les deux derniers gravés par *Le Meunier* et *Joly*, 6 pièces chacun. Ensemble 42 planches. Ce recueil est incomplet des planches 2, 3 et 6 du cahier TT. — Les six premiers cahiers ont, en outre, un double état AVANT L'ALPHABET, de toutes leurs planches, sauf cependant les nos 2 et 5 du cah. NN; 2, 3, 4, 9 du cah. PP; 3 du cah. Q; 2 et 4 du cah. SS.

On joint du même artiste : 1º le IVe cahier de 6 pièces de la seconde série des TROPHÉES, gravée par *Voysard* (manque la pl. 5) avec les pl. 2 et 3 en double, tirées en sanguine; 2º trois PROJETS DE PRISON, dessinés et gravés par Delafosse lui-même.

Ensemble 70 planches.

215. Deuxième et troisième cahiers de Trophés dessinés par Delafosse, gravés à la manière de crayon par J.-F. Janinet. *Paris. Le Père et Avaulez, s. d. (vers* 1772), pet. in-fol., *en feuilles.*

8 pièces tirées en sanguine : *Attributs d'architecture, attributs d'un bal, instruments de symphonie, attributs d'astronomie, attributs pastoraux, la Peinture, la Musique, la Sculpture.*

216. MEUBLES, dessinés par Jean-Charles Delafosse. *Paris. s. d. (vers* 1752), pet. in-fol., cart.

Ce précieux recueil d'ameublement du XVIIIe siècle a eu deux éditeurs. Publié originellement par *Daumont* en trente-et-un cahiers de quatre planches chacun, il fut réédité quelques années plus tard, par *Crepy*, en un même nombre de planches. Le tirage original se distingue du second, en ce qu'il n'a aucun numéro en tête de chaque feuille. Le présent volume est composé par des planches appartenant aux deux tirages; voici une nomenclature complète de son contenu :

Cahier A. — Les 4 planches du 1er tirage; les 4 planches du 2e.

Cahier B. — Les 4 planches du 1er tirage; 3 planches du 2e (manque le nº 3).

Cahier C. — Planches 1 et 4 du 1er tirage.

Cahier D. — Planches 3 et 4 du 1er tirage; planches 1 et 2 du 2e.

Cahier E. — Les 4 planches du 2e tirage.

Cahier F. — Planches 1 et 4 du 1er tirage; planche 2 du 2e.

Cahier G. — Planches 1, 2 et 3 du 1er tirage; les 4 planches du 2e.

Cahier H. — Les 4 planches du 1er tirage.
Cahier I. — Les 4 planches du 1er tirage.
Cahier K. — Planches 3 et 4 du 1er tirage.
Cahier L. — Les 4 planches du 1er et 2e tirages.
Cahier M (par *Martinet*). — Planches 1 et 2 du 1er tirage.
Cahier N (par *Pouleau*). — Planche 1 du 1er tirage; planche 4 du 2e.
Cahier O (par *Charpentier*). — 3 planches (sur 4) du 1er tirage.
Cahier P (par *Lecanu*). — (Manque.)

Cahier Q (par *Duval*). — Planches 2 et 4 du 1er tirage; planches 1 et 3 du 2e. (*Remarque*. Les cahiers M, N, O, P, et Q, ainsi que nous venons de l'indiquer, ne sont pas de *Delafosse*.)

Cahier R. — Les 4 planches du 1er tirage.
Cahier S. — Les 4 planches du 1er tirage.
Cahier T. — Les 4 planches du 1er tirage.
Cahier V. — Les 4 planches du 1er tirage.
Cahier X. — Les 4 planches du 1er tirage et les 4 du 2e.

Cahier Y. — (Inconnu à Guilmard.) — Les 4 planches du 1er tirage : *Poeles ou piédestaux pouvant servir à différens usages* (8 pièces).

Cahier Z. (Inconnu à Guilmard.) — Les 4 planches du 2e tirage : *Boites d'horloges, Gaines* (8 pièces).

Cahier AA. — Planches 1, 3 et 4 du 1er tirage; les 4 planches du 2e tirage.

Cahier BB. — Les 4 planches du 1er tirage.

Cahier CC. — La planche 3 du 1er tirage; les planches 1, 2 et 4 du 2e tirage.

Cahier DD. — (Manque.)
Cahier EE. — (Manque.)
Cahier FF. — Planches 1, 2 et 4 du 2e tirage.
Cahier GG. — (Manque.)
Cahier HH. — Planches 1, 2 et 3 du 2e tirage.
Soit 71 planches du PREMIER TIRAGE et 46 du SECOND.
Ensemble 117 planches.

217. Suite de Vases. — Mascarade à la grecque. Dessinées par le chevalier Ennemond-Alexandre Petitot et gravées à l'eau-forte par Benigno Bossi. *Parme*, 1764-1771, pet. in-fol., demi-rel.

Ces deux suites, de très beau style et exécutées avec extrêmement de goût, comprennent : la première, « tirée du cabinet de M. Du Tillot, marquis de Felino », 33 pièces y compris le titre et 2 dédicaces; — la seconde, également dédiée « au marquis de Felino », 11 pièces, y compris le titre et la dédicace. Cette seconde suite est excessivement curieuse par les fantaisistes costumes imaginés par le dessinateur.

218. RECUEIL D'ORNEMENS à l'usage des Jeunes artistes qui se destinent à la décoration des bâtimens. Dédié à Monsieur, par G. P. Cauvet, sculpteur de S. A. R. *A Paris*, *chez l'auteur*,

rue de Seve, près celle du Bacq, 1777, in-fol., demi-rel. veau fauve.

Splendide exemplaire d'un des plus beaux recueils d'ornements de l'époque Louis XVI. Il comprend un titre gravé, un frontispice avec portrait du comte de Provence, une dédicace gravée et 61 feuilles contenant 73 planches gravées sur cuivre, en noir et en bistre, par *Miger, Le Roy, Mlles Liottier aînée et jeune, Martini, Petit, Hémery* et *Viel*, donnant la représentation de 115 sujets variés : riches panneaux, porte de salon, principes de feuillage d'ornement, frises, vases les plus gracieux (au nombre de 20), et moulures d'architecture, d'après les dessins de *Gille-Paul Cauvet*, un des maîtres les plus réputés du XVIIIe siècle.

219. LIVRE DE MEUBLES ET DE DÉCORATION INTÉRIEURE ET EXTÉRIEURE, par Jules-François Boucher fils. *Paris, Le Père et Avaulez, s. d.* (*vers* 1772), pet. in-fol., demi-rel. veau fauve, dos orné, tête dor.

Un des plus beaux recueils d'ameublement de l'époque Louis XVI. Il se compose de 65 cahiers de six pièces chacun, soit un ensemble de 390 pièces : *lits, sièges, baignoires, écrans, commodes, secrétaires, tables, bureaux, gaines, piédestaux, consoles, bibliothèques, petits chiffonniers, cheminées avec glaces, panneaux avec portes vitrées, panneaux avec lambris, portes à placards, armoires, croisées, entablement, impostes, guéridons, chandeliers, grilles, balcons, pommes de cannes, étuis, bougeoirs, manches de couteaux, cassolettes*, etc., etc.

Les planches 20, 21, 22, et 90 manquent, et quelques-unes sont plus courtes.

Un exemplaire similaire a été vendu en 1895, 1050 francs sans les frais, à la vente de M. Destailleur.

220. DEUXIÈME RECUEIL DE DÉCORATION INTÉRIEURE ET EXTÉRIEURE, par Jules-François Boucher fils. *Paris, Chéreau*, 1774, pet. in-fol., cart.

Cette seconde série de l'Œuvre de *Boucher fils* comprend quinze cahiers de 4 pièces chacun désignés par les lettres A à P. : *A. Décoration de Lambris pour chambres à cheminées. — B. Élévations d'Alcoves. — C. Panneaux de lambris. — D. Élévation d'une Croisée entre deux lambris*, etc. *— E. Plans et élévations d'une Croisée entre deux panneaux de lambris*, etc. *— F. Élévations de Buffets. — G. Élévations et développement d'Armoires et de Commodes. — H. Plan et élévations de Bibliothèques. — I. Élévation et profils de portes cochères sous une imposte avec cartel dessous* (non désigné dans Guilmard). *— K. Plan et élévation d'une Salle de compagnie*, etc. *— L. Salles à manger et Vestibules. — M. Salons. — N. Chambres à coucher*,

Cabinets de Toilette et Boudoir. — *O. Galeries et Salons.* — *P. Cabinets de curiosité, Bibliothèques et Médailliers.*

Ensemble 60 pièces gravées par *Berthault, De la Gardette, Coupeaux, Bichard* et *Duval.*

Beau et rare recueil auquel il manque le 1er feuillet du cahier G. et dont les ff. 1 F., 3 et 4 G., 1 à 4 M et N. ont été remargés.

221. Tombeaux, fontaines, vases et tables, par Jules-François Boucher fils. *Paris, Vve Chéreau,* (*vers* 1775), in-4, cart.

1. *Livre de tombeaux composés et gravés par F. Bo....;* 7 pièces (sur 8) plus un état d'eau-forte de la pl. 7.

2. *Six tombeaux, dessinés et gravés par F. Bo. fils;* 6 pièces, plus 5 pièces doubles (n°s 2 à 6) AVANT toute lettre.

3. Fontaines; 6 pièces sans numéro.

4. *Six tables grecques et pendules, par F. Bo. fils;* 6 pièces (manque le n° 6), plus les 6 mêmes pièces AVANT LES NUMÉROS.

5. *Nouveau livre de Vases par F. Bo...;* 7 pièces (manque la 8e).

6. *Nouveau livre de Vases dessinés et gravés par Boucher fils;* 8 pièces.

7. Fontaines; 5 pièces attribuées *à Boucher fils.*

Ensemble 56 planches.

222. Cahiers d'Arabesques composées et gravées par François Boucher fils. *Paris, J. Chéreau, s. d.* (*vers* 1775), gr. in-4, demi-rel. veau fauve, dos orné, tr. rouge.

Recueil de HUIT suites de six pièces chacune.

Les premier et deuxième cahiers sont doubles, avec et AVANT LES NUMÉROS (sauf la pl. 3 du 1er cahier). Le dernier cahier est également en double, la seconde suite d'un tirage postérieur. Le cahier 5, qui est replié, a été imprimé sur trois feuilles de format in-fol.

Ensemble 65 pièces.

223. ŒUVRES DE SCULPTURE EN BRONZE contenant Girandoles, Flambeaux, Feux de cheminées, Pendules, Bras, Cartels, Baromètres et Lustres, inventés et dessinés par Jean-François Forty, gravés par Colinet et Foin. *Paris, chez Chéreau, s. d.* (*vers* 1780), pet. in-fol., demi-rel. veau fauve, dos orné, tête dor.

Recueil fort rare composé de 8 cahiers comprenant 48 planches cotées A à H, et donnant des modèles de bronzes du plus beau style :

Cahier A. — 6 *Girandoles à l'usage des orfèvres et des fondeurs.*

Cahier B. — 6 *Flambeaux.*

Cahier C. — 6 *Feux de cheminée.*

Cahier D. — 6 *Pendules.*

Cahier E. — 6 *Bras de cheminée.*

Cahier F. — 6 *Pendules en cartel.*
Cahier G. — 6 *Baromètres.*
Cahier H. — 6 *Lustres.*

Le titre reproduit plus haut manque, ainsi que les 2e, 3e et 6e ff. du cahier G.

On a ajouté les EAUX-FORTES des planches 4 et 5 du cahier D.

224. Pendules en cartel, baromètre et lustre, inventés et dessinés par J. F. Forty, gravés par Colinet. *Paris, Chéreau* (*vers* 1780), pet. in-fol., *en feuilles.*

Six planches AVANT LA LETTRE, appartenant aux cahiers F, nos 1, 4, 5, 6 ; G, no 4, et H, no 6.

225. Œuvres d'Orfévrerie et Vases, inventés par J. F. Forty. *Paris, chez l'auteur, et chez Crépy* (*vers* 1780), pet. in-fol., cart. et *en feuilles.*

Ier et IIe cahiers de six pièces chacun : modèles de Calices et de Ciboires. — IIIe cahier : Flambeaux de table, 5 pièces (sur 6). — Coffre à bijoux, Coffres à racines et Boîte à poudre, 4 pièces.

Ier IIe et IIIe cahiers de Vases, de quatre pièces chacun. — On y joint le tirage en bistre des planches 2, 4, du 1er cahier ; 1 à 4 du 2e ; 1re du 3e, et le tirage en sanguine de la planche 4 du 2e cahier et de la 1re du 3e. Rare.

Ensemble 42 planches.

226. Œuvres de Serrurerie inventées par J. F. Forty. *Paris, l'auteur, et Crépy. s. d.* (*vers* 1780), in-fol., *en feuilles.*

Trois cahiers de six planches chacun : *Appuis de fenêtres, balcons rampes d'escaliers*, gravés par *Forty* lui-même.

227. ŒUVRES DIVERSES DE LALONDE, décorateur et dessinateur, contenant un grand nombre de dessins pour la décoration intérieure des appartemens, à l'usage de la peinture et de la sculpture en ornemens. Des meubles du plus nouveau goût ; des pièces d'orfévrerie et de serrurerie, etc. *Paris, Chéreau, s. d.*, 2 tomes en un vol. pet. in-fol., veau marbré, dos orné, fil., tr. dor. (*Krafft.*)

Cet ouvrage, publié à la fin du siècle dernier, est un des plus beaux recueil d'ornements de l'époque Louis XVI ; divisé en deux parties, avec titre distinct, il se compose de 39 cahiers de 6 pièces chacun, soit 234 planches de décoration intérieure et d'ameublement :

1re partie (cahiers I à XXVI). — *Bordures et cadres, pieds de meubles, tables et consoles, portes, corniches, entablements, girandoles, candélabres, lustres, trophées, soffites, vases, chambranles, dessus de portes, cartels, cheminées, plafonds, modillons, rosaces, feux, ouvrages d'orfèvrerie, bijouterie, serrurerie*, etc.

2e partie (cahiers I à IX et A à D). — *Lits à la duchesse, à la polonaise, lits de repos, chaises, fauteuils, écrans, banquettes, sopha, tabourets, billards, tables de jeu, secrétaires à cylindre, commodes, bibliothèques, tables*, etc., etc. (Voy. Guilmard, Rép. des maîtres ornemanistes, 241-242.)

On y a joint :

Salembier, *Frises et Arabesques*, 12 planches.

Caillouet, *Balcons* (manque le no 1), *Grilles d'hôtels, Grilles d'églises, Rampes*, 23 planches.

Ensemble 269 planches.

La plupart des feuilles ont été remontées à châssis, et le titre de la seconde partie a été habilement refait.

228. Carrosserie dessinée par de la Londe, gravée par Foin. *Paris, Chéreau, s. d.* (*vers* 1780), pet. in-fol., *en feuilles*.

15 planches de *Berlines*, de *Vis-à-vis*, de *Carrosses*, de *Diligences*, de *Chaises à porteur*, etc. (Cahiers G. H, complets, I, 3 pl.)

On y joint 2 planches de carrosserie de *Jean Bérain père* : « Fasce du train de derrière du premier carrosse doré », et « Divers motifs de broderie pour l'intérieur du carrosse ».

Ensemble 17 planches.

229. Meubles dessinés par de la Londe, gravés par Fay. *Paris, Jean, s. d.* (*vers* 1780), pet. in-fol., *en feuilles*.

Dix planches appartenant aux divers cahiers de meubles : *Sièges, Lits antiques, Alcôves et Décoration des fenêtres*.

230. [Cadres, chenets, girandole, cafetière, etc., dessinés par de Lalonde, gravés par Fay. *Paris, Jean, vers* 1780], pet. in-fol., *en feuilles*.

Neuf pièces.

231. Première suite de Vases composés par Duplessis fils. *Paris, l'auteur, vers* 1780, pet. in-fol., *en feuilles*.

Titre et 5 pièces : très beaux modèles propres à l'orfèvrerie de style Louis XVI. On y joint 4 pièces de la seconde suite.

232. Frises, Arabesques, Cartels, Feuilles d'ornementation, Trophées, dessinés par Salembier. *Paris* (*vers* 1780), pet. in-fol., cart.

1. Cahier de Frises et cahier d'Arabesques, gravés par *Salembier* lui-même. *Chéreau exc.*, 12 pl.

2. Cahier de Cartels, gravé par *Juillet*, 1777; 6 pl. numérotées 25 à 30. (Les pl. 27 à 30 sont doubles, en noir et en bistre.)

3. Chandeliers, cartels, feux, tables; 7 pl. appartenant aux VIe et VIIIe cahiers.

4. 2 pl. (sanguine et noire) du IIIe cahier d'Ornements et Frises, gravées par *Juillet*, 1777.

5. 4 pl. en sanguine du IIe et IIIe cahiers des Trophées publiés par *Bonnet*.

6. 1er et 2e cahiers complets de Feuilles d'Ornement, publiés chez *Petit*; 8 pl.

Ensemble 43 planches.

233. ŒUVRE DE RANSON. *Paris, vers* 1780, in-fol., cart.

Important recueil d'ornements comprenant :

1° VINGT ET UN cahiers de 6 pièces chacun : Attributs, Trophées, Groupes de fleurs, Cadres, Vases, Cartels, etc., gravés par *Voysard* et *Berthault*, et publiés par Esnault et Rapilly. 4 cahiers sont incomplets : le 9e de la pl. 4, le 11e de la pl. 3, les 13e et 21e des pl. 5 et 6. Ensemble, 120 pl. sur 126.

2° QUINZE cahiers de 6 pièces chacun, publiés par la Vve Avaulez ou par Lepère et Avaulez : Trophées et Ornements, la plupart à 6 sujets gravés par *Berthault* et *Juillet*. Il existe des lacunes dans les trois cahiers : 5e dont nous n'avons qu'une pièce, 11e, 2 pièces, et 15e, 4 pièces.

3° CINQ cahiers, Groupes de fleurs, édités par Chéreau et gravés par *Berthault* : chacun de ces cahiers est composé de six pièces. (La pl. 5 du IIe cahier manque.)

4° *Nouveau recueil de jolis trophées, gravés par Bertault. Mondhare exc.* 13 planches.

5° *Livre de Trophées des Arts et Sciences. Mondhare exc.* 13 planches.

6° *Livre de différents Trophées représentant l'Amour et les Arts gravés par Berthault. Mondhare exc.* 4 pièces.

7° *Nouveau livre de trophée (sic) à l'usage des artistes. Mondhare exc.* Titre seul.

8° Vases. 9 pièces.

Ensemble 268 planches.

234. Cahiers d'Ameublement composés et dessinés par Ranson. *Paris, s. d.* (*vers* 1785-1790), pet. in-fol., cart.

Cette série, formant la quatrième partie de l'Œuvre de *Ranson*, comprend dix cahiers de 6 pièces chacun. Les deux premiers ont été publiés par les *Campion frères*, les suivants par *Esnauts et Rapilly*.

Voici le détail de ce que contient notre recueil :

Cahier A, gravé par *Juillet*, LITS, 6 pièces.

Cahier B, gravé par *Juillet*, LITS, 6 pièces.

Cahier C, gravé par *Duhamel* et *Juillet*, LITS, 6 pièces.

Cahiers D et E, gravés par *Juillet*, VESTES ET GILETS A LA MODE. (De ces deux suites, extrêmement rares, composées ensembles de 12 pièces numérotées 19 à 32 nous n'avons que les numéros 19 à 22, 24 et 26).

Cahier F, gravé par *Juillet*, Lits, 6 pièces. (Ce cahier est inconnu à Guilmard.)

Cahier G, gravé par *Duhamel*, Canapés, Ottomanes et Lits de repos, 6 pièces.

Cahier H, gravé par *Duhamel*, Bergères, Fauteuils, Chaises, Tabourets, Prieuses, 6 pièces.

Cahier I, gravé par *Duhamel*, Fauteuils 3 pièces sur 6 (nos 49, 50, 51).

Cahier L, gravé par *Voysard* et *Juillet*, Lits 6 pièces.

On y joint le 1er cahier de la « *Suite de l'Œuvre de Ranson*, Lits a la Mode », gravé par *Berthault*, 6 pièces.

Ensemble, 57 planches.

235. Premier [-Quatrième] Cahier de Décorations d'appartemens, dessinées par Ranson et gravées par Juillet. *Paris, les Campions frères* (*vers* 1785), in-fol., *en feuilles*.

Quatre suites complètes de six pièces chacune. Lambris avec alcôves, lits de repos, cheminées, baignoires, etc.

236. Premier [-Deuxième] Cahier de chiffres inventés par Ranson. *Paris, Chéreau, s. d.* (*vers* 1775), pet. in-fol., *en feuilles*.

Suites de 6 belles pièces chacune, numérotées de 1 à 12, gravées par *Voysard*. Manque la planche n° 6.

237. Cahiers d'arabesques, par J.-B. Fay et L. Prieur. *Paris, Mondhare, Joubert*, 1780-1785, in-fol., cart.

1. *Ier — XVIe cahiers d'arabesques à l'usage des artistes*, de six pièces chacun. Les 2 premiers sont de *Tibesar* et *Michel*, les 3e au 9e de *Fay*, les autres de *Prieur*. Sur les 96 feuilles formant l'ensemble de ces cahiers, les nos X et XII sont incomplets d'une f.; le n° XI de 2 ff. et les nos XV et XVI de 3 ff. — La 1re f. du cahier III est triple avec différences, les 2e et 3e ff. du même cahier sont doubles.

2. *Première suite de Frises et d'Ornements dédiés à M. A. E. chevalier de Crussol*, 1783, 4 pièces en noir gravées par *Prieur* lui-même.

3. *Première suite de Frises et d'ornements dédiés à M. A. E. chevalier de Crussol*, 1783, 2 pièces (sur 4) gravées en bistre, différentes des précédentes.

4. *Ier Cahier de sujets arabesques à l'usage des artistes et des élèves P. L. P.* (*par L. Prieur*). Paris, Joubert, 5 pièces (sur 6). — *IIe Cahier*, 8 pièces (sur 12), le n° 1 est en deux états. — *IIIe Cahier*, 6 pièces (les nos 1, 3, 4, 6 sont en 2 états). — *IVe Cahier*, 4 pièces. — *Ve Cahier*, 6 pièces. — *VIe Cahier*, 4 pièces. — *IXe Cahier*, 4 pièces. — *Xe Cahier*, 4 pièces.

5. *Ve Cahier de Vases dessinés et gravés par Fay*, 2 feuilles.

6. *Ve, XIe, XIIe, XIIIe et XIVe Cahiers de Vases dessinés par Prieur*,

gravés par Fay; 4 pièces chacun plus 8 pièces appartenant à des cahiers non déterminés. — Ens. 28 planches de vases.

7. *VIIe Cahier de meubles, dessinés et gravés par Fay*, 4 pl. de sièges et de balcons.

8. *Cahier d'oiseaux et de fleurs dessinés et gravés par Fay*, 3 pl. (sur 4).

9. *Cahier de Bijouterie dans le goût moderne, dessinés et gravés par Fay*. 6 pièces.

10. Pièces diverses par *Fay* et *Prieur*. Frises, plafonds, volute, petits cadres, assiettes, tasses, etc., 8 planches.

11. Grands cadres ou frontispices, par *Fay*, *Moithey*, *Martinet* et autres, 30 planches.

Ensemble 223 planches.

On a ajouté au recueil une feuille coloriée, dessin original de 8 modèles de petites frises.

238. Arabesques inventés et gravés par L. D. Dugourc. *Paris, Chéreau*, 1782, in-4, *en feuilles*.

Suite complète de 6 pièces : L'*Air*, la *Terre*, le *Feu*, l'*Eau*, *Vénus ou la coquetterie*, et *Mars ou la guerre*.

239. Cahiers d'Arabesques propres aux artistes de ce genre, gravés par Guyot. *Paris*, *Guyot*, *vers* 1785, gr. in-4, cart. et *en feuilles*.

Dix suites de 4 planches chacune dessinées par *J. M. Moreau*, *La Vallée-Poussin*, *Watteau*, *Voisin*, *Le Clère* et *Berthelot*. Toutes ces planches, dont il ne manque que le n° 3 du IIIe cahier, ont été tirées en bistre à la manière de l'aqua-tinte. Un certain nombre sont doubles, coloriées (12) ou tirées d'un ton plus foncé (5); ce qui forme un ensemble de 56 pièces pour les dix cahiers.

On y a joint : 3 pl. d'un XIe cahier, et 7 pl. appartenant à d'autres suites, également gravées par *Guyot*.

Ensemble 66 planches.

340. Lits, Canapés, Chaises, Fauteuils, Ecrans, Arabesques, Vases et Balcons composés et dessinés par Aubert Parent. *Paris*, *vers* 1788, pet. in-fol., cart.

Recueil de planches appartenant à divers cahiers de l'Œuvre de *Aubert Parent*. Les compositions de cet artiste, très recherchées, sont devenues très rares.

1° Pièces en couleurs. — *Lits à la duchesse, à la chinois ; Chaise et Fauteuil à la duchesse ; Fauteuil à la duchesse, Fauteuil pour militaires 2 Chaises ; 2 Ecrans ; Lit à baldaquin.*

2° Pièces en noir. — *Lit à baldaquin ; Lit à la duchesse ; Lit à la turque ; 2 Canapés.*

3° Cahier d'arabesques, 4 pièces.
4° Vases, 5 pièces sur 6 (manque n° 5).
5° Balcons, 2 pièces (n°s 3 et 4).
Ensemble 22 planches.

241. Motifs d'orfèvrerie dessinés et gravés par Vinsac. *Paris, Basan, vers* 1785, pet. in-fol., *en feuilles.*

Cinq pièces gravées à la manière de l'aqua-tinte, tirées des 2e, 3e et 9e cahiers : *Réchauds, Théière, Candélabre, Surtout.*

242. Chapiteaux dessinés par Soyer et gravés par Petit. *Paris, Jean, s. d.*, pet. in-fol., *en feuilles.*

4 pièces formant le Ve cahier d'ornements.

243. Toilette de l'Impératrice et Reine Marie-Louise et Berceau du Roi de Rome son fils ; exécutés par Odiot et Thomire, d'après les dessins de Prud'hon et Cavelier. *Paris, Bance, s. d.*, pet. in-fol., cart.

Texte et 6 planches finement coloriées à l'aquarelle.

RECUEILS D'ESTAMPES ARTISTIQUES ARCHÉOLOGIQUES, TOPOGRAPHIQUES ET HISTORIQUES LIVRES A FIGURES SUR BOIS. — OUVRAGES DIVERS

244. **RECUEIL DE PEINTURES ANTIQUES** trouvées à Rome ; imitées fidèlement, pour les couleurs et le trait, d'après les dessins coloriés par Pietro-Sante Bartoli et autres dessinateurs. Seconde édition. *De l'imprimerie de Didot l'aîné, à Paris, aux dépens de Molini et de Lamy, libraires*, 1783, 2 vol. in-fol., pl., mar. rouge, dos orné, dent. et fil., tabis, tr. dor. (*Rel. anc.*)

Magnifique et très rare exemplaire imprimé sur PEAU DE VÉLIN, de cette seconde édition augmentée, dont les explications sont dues à Mariette et au comte de Caylus.

Ce livre, un des plus beaux imprimés par Didot à la fin du siècle dernier, ne fut tiré qu'à 100 exemplaires sur papier, et à QUINZE seulement sur peau de vélin.

Les planches, au nombre de 54, ont été finement coloriées à l'aquarelle et forment autant de jolies miniatures aussi intéressantes à consulter pour l'histoire de l'art ancien que pour l'archéologie proprement dite.

Reliure de l'époque de la publication.

245. Les Ruines des plus beaux Monuments de la Grèce, considérées du côté de l'histoire et du côté de l'architecture, par M. Le Roy. Seconde édition corrigée et augmentée. *Paris, L.-Fr. Delatour*, 1770, 2 tomes en un vol. in-fol., pl., veau marbré, dos orné, fil., tr. dor. (*Rel. anc.*)

Ouvrage orné de 61 planches représentant les ruines et les sites les plus célèbres de l'ancienne Grèce, gravées d'après les dessins de *Le Roy*, par *Le Bas*, *de Neufforge*, *Patte*, *Littret de Montigny* et *Michelinot*.

246. Antiquités nationales, ou recueil de monumens pour servir à l'histoire générale et particulière de l'Empire françois, tels que tombeaux, inscriptions, statues, vitraux, fresques, etc., tirés des abbayes, monastères, châteaux et autres lieux devenus domaines nationaux. Par Aubin-Louis Millin. *Paris, Drouhin*, 1790-1799, 5 vol. in-4, fig., demi-rel. dos et coins de veau, tête rouge, éb., *non rognés*.

Ouvrage enrichi de nombreuses figures gravées en taille-douce, extrêmement intéressant pour l'histoire et l'archéologie de la France, et plus particulièrement pour celle de Paris. On y trouve en effet une description fidèle et une représentation exacte de monuments dont une grande partie a disparu à l'époque révolutionnaire. Citons notamment la plupart des antiques mausolées, tombeaux, vitraux, épitaphes qui ornaient les églises et couvents parisiens, et qui ne sont plus connus que par ce que Millin nous en a conservé.

247. Veues des belles Maisons de France dessinées et gravées par Perelle. *A Paris, chez N. Langlois, s. d.* (*vers* 1685), pet. in-fol. oblong, veau.

Très beau et très intéressant recueil des vues de *Perelle*, édité par *Nicolas Langlois* à la fin du XVIIe siècle. Il comprend 4 titres et 244 planches donnant ensemble 278 vues, principalement de Paris et de ses environs.

En voici le détail : Paris, 66 pl. avec 70 vues. — Versailles, 37 pl. avec 39 vues. — Chantilly, 31 pl. avec 49 vues. — Fontainebleau, 11 pl. — Saint-Cloud, 10 pl. avec 12 vues. — Meudon, 6 pl. avec 9 vues. — Sceaux et Chaville, chacun 5 pl. avec 6 vues. — Marly, 5 pl. — Saint-Germain et Vaux-le-Vicomte, chacun 4 pl. — Vincennes, 3 pl. — Saint-Maur, Saint-Ouen, Clagny, Maison, Pompone, chacun 2 pl. — Conflans, Mont-Louis, Madrid, Rueil, Choisy, Le Raincy, Monceau, Villers-Cotterets, Liencourt, Chaulnes, chacun 1 pl. — Richelieu-en-Poitou, 6 pl. — Rome, 16 pl. — et divers, 15 pl. avec 18 vues.

Le même recueil renferme : 4 pl. par *Le Bouteux* : vues de Norville, de Villacerf et de Louvois.

Ensemble 252 planches.

248. Représentations des Actions les plus considérables du siège d'une place. Dessiné et gravé par J. Rigaud. *Paris, Duchange*, 1732, in-fol., cart.

Suite de six estampes ayant pour sujets : l'Ouverture de la tranchée ; Comment l'on soutient et repousse les sorties; Attaque et logement du chemin couvert; Attaque de 2 bastions; l'Assaut; la place laissée au pillage.

249. [La Révolution française depuis l'ouverture des Etats généraux jusqu'au 9 brumaire, en quinze tableaux, gravés par Helman d'après Monnet.] *Paris, l'auteur*, 1790-1800, in-fol., *en feuilles.*

Ce recueil se compose de 15 planches dont nous n'avons que les nos 1, 2, 4, 5, 6, 7, 12 et 14 de PREMIER TIRAGE, et les pl. 6 (double), 7 (double) et 13 publiées par l'éditeur *Decrouan.*

250. [La Révolution française depuis l'ouverture des Etats généraux jusqu'au 9 brumaire, en quinze tableaux gravés par Helman d'après Monnet.] *Paris, Decrouan, s. d.*, in-fol., cart.

Suite complète des 15 estampes de cette réimpression. Mouillures.

251. Collection complète des Tableaux historiques de la Révolution française. *Paris, Auber* (*imprimé par Didot aîné et terminé par Charles*), *an XIII*, 1804, 3 vol. in-fol., pl. et portr., veau racine, dos de mar. rouge, dent., tr. dor. (*Rel. anc.*)

Un des ouvrages les plus remarquables sur la Révolution française, publié, dans cette édition, avec le texte de l'abbé Fauchet et de Chamfort, revu et expurgé par Guinguené et Pagès.

Il est illustré en totalité de 213 planches, qui en font un des documents les plus consultés, par la précision et l'exactitude avec lesquelles les événements les plus marquants de cette époque ont été rendus. Ces planches, dues aux meilleurs artistes de la fin du XVIIIe siècle, comprennent : 3 frontispices de *Fragonard fils*, gravés par *Malapeau* et *Copia;* 144 planches de scènes et de batailles dessinées par *Delvaux, Duplessi-Bertaux, Fragonard fils, Girardet, Meunier, Ozanne, Prieur, Swebach-Desfontaines* et *Veny*, gravées par *Berthault, Choffard, Coiny, Desault, Duparc, Duplessi-Bertaux, Dupréel, Girardet, Lépine, Le Gouaz, Malapeau, Niquet* et *Pélicier;* et 66 portraits-médaillons gravés d'après *Levacher*, par *Chinard, Girard* et Mme *Lebrun*, avec autant de scènes de la vie des personnages représentés, dues au crayon et au burin délicat de *Duplessi-Bertaux.*

252. La Crucifixion, in-4. Haut. : 270 millim.; larg. : 170 millim.

Belle planche xylographique en couleurs, imprimée sur vélin, et due à un artiste anonyme du XVe siècle.

Les pièces de cette nature sont d'une excessive rareté et offrent pour l'histoire de la gravure un intérêt capital.

253. Création de la femme. — La Salutation angélique. — L'Adoration des Mages. — Le Massacre des Innocents. — La Présentation. — La Résurrection de Lazare. — La Crucifixion. — Jésus apparaissant à S. Grégoire.

Neuf feuillets in-8 sur vélin, enluminés à l'imitation des manuscrits et appartenant à des Heures publiées par Simon Vostre et par Ant. Vérard à la fin du XVe et au commencement du XVIe siècle.

254. Saints et saintes. — Bordures. — Éloge de la Folie. — Prise d'une ville par un empereur romain.

Cinquante-cinq gravures sur bois du XVIe siècle, coloriées sur vélin ou sur papier, et montées sur 4 feuilles de bristol. La dernière appartient au XVIIe livre du *Miroir hystorial.*

255. Ces presentes heures a lusaige de Rouan au long sans requerir : avec les miracles nostre dame et les figures de lapocalipse et de la bible et des triumphes de Cesar, et plusieurs aultres hystoires faictes a lantique. *Ont este imprimees pour Symon Vostre, Libraire demourant a Paris, s. d.* (almanach de 1508 à 1528), in-4 goth., fig., mar. brun, dent. et fil. à froid, milieux rapportés, tr. dor. (*Rel. anc.*)

Composées de 88 feuillets, ces Grandes Heures de Simon Vostre à l'usage de Rouen, imprimées sur peau de vélin, ont été, dans toutes leurs parties décoratives : grandes figures et bordures, magnifiquement et soigneusement enluminées à l'imitation des anciens manuscrits. La Danse des Morts, en 66 sujets, offre particulièrement un intérêt capital pour l'histoire du costume, par l'indication, rigoureusement exacte qu'elle donne, de la forme et de la nuance des vêtements de toutes les classes de la société au commencement du XVIe siècle.

Cet exemplaire, malheureusement incomplet de quatre feuillets (*e*, 4 et 5, *ē*, 4 et 5), porte sur le titre et au bas de l'avant-dernier feuillet des armoiries peintes : *Parti, au* 1, *de gueules au lion d'argent, armé, lampassé et couronné d'or; au* 2, *d'argent, semé de fleurs de lys de sable*, que l'on peut présumer avoir appartenu à une dame de CLISSON, dont la famille est une des plus anciennes de Bretagne.

De la bibliothèque FIRMIN-DIDOT.

256. Office de la Semaine Sainte à l'usage de Rome, en latin et en françois; avec l'explication des cérémonies de l'église. *Paris, Pierre le Petit*, 1678, in-8, front. et fig., mar. rouge, dos orné, dent., tr. dor. (*Rel. anc.*)

Aux armes de MARIE-THÉRÈSE D'AUTRICHE, femme de Louis XIV. La reliure, quelque peu fatiguée, est semée du chiffre couronné de la Reine. Cachet sur le titre.

257. Office de la Semaine Sainte en latin et en françois à l'usage de Rome et de Paris. Avec des réflexions et méditations, prières et instructions pour la confession et communion. *Paris, Vve Mazières*, 1728, in-8, titre gravé et fig., mar. rouge, dos orné, riches comp. sur les plats, tr. dor. (*Rel. anc.*)

Figures gravées par *Scotin*.
Exemplaire de dédicace dans une riche reliure aux armes de la reine MARIE LECZINSKA.

258. Breviarium Parisiense, DD. Caroli-Gaspar-Guillelmi de Vintimille du Luc, Parisiensis archiepiscopi, etc. auctoritate editum : DD. Joannis-Baptistæ-Josephi Gobel, episcopi metropolitæ parisiensis, auctoritate, typis denuo madatum. *Parisiis, Cl. Simon*, 1791, 2 vol. in-4, mar. rouge, dos orné, dent., tr. dor. (*Rel. anc.*)

Pars æstiva. — Pars hyemalis.
Ouvrage curieux par la singulière antithèse indiquée sur le titre, du nom des deux prélats qui en ordonnèrent successivement l'impression.
Très bel exemplaire dans une jolie et fraîche reliure pouvant être attribuée à *Derome le jeune*, et dont les plats portent les armes du CHAPITRE DE L'EGLISE DE PARIS.

259. Imprese illustri di diversi, coi discorsi di Camilli, et con le figure intagliate in rame de Girolamo Porro, Padouano. *In Venetia, appresso Francesco Ziletti*, 1586, 3 parties en un vol. in-8, titre gravé et fig., vélin.

Un des plus beaux recueils d'Emblèmes italiens; il est orné de 108 jolies figures composées avec autant d'élégance que de goût, et gravées d'une pointe extrêmement fine par *G. Porro*. Ce très beau recueil passe à juste titre pour le chef-d'œuvre de cet artiste italien.
Exemplaire provenant de la bibliothèque MARCO LAZARI, dont le cachet a été appliqué sur le second feuillet.

260. Opera Virgiliana cum decem commentis, docte et familiariter exposita, docte quidem Bucolica, et Georgica à Servio, Donato, Mancinello et Probo nuper addito : cum adnotationibus Beroaldinis. Aeneis vero ab iisdem præter Mancinellum et Probum, et ab Augustino Datho in ejus principio... 1529. (In fine :) *Lugduni, in typographaria officina Joannis Crespini, anno* 1529, pet. in-fol., demi-rel. basane.

Édition rare ornée de 200 curieuses figures gravées sur bois, intercalées dans le texte; ces figures parurent originairement dans l'édition de 1502, publiée à Strasbourg par Grüninger.

Légères piqûres de vers aux premiers feuillets.

261. Stultifera Nauis. || Narragonice pfectionis nunq; || satis laudata Nauis : per Sebastianū Brant : vernaculo vul- || gariq; sermone & rhythmo p cūctoꝝ mortalium fatuitatis || semitas effugere cupiētiū directione, speculo, cōmodoq; & || salute : proq; inertis ignauęq; stulticię ppetua infamia, exe- || cratione, & confutatione, nup fabricata : Atq; iampridem || per Jacobum Locher, cognomēto Philomusum : Suęuū in || latinū traducta éloquiū : & per Sebastianū Brant : denuo || seduloq; reuisa : fœlici exorditur principio. || 1497. || Nihil sine causa. || Jo. de Olpe. (In fine, v° f. 145 :) *Finis Narragonicę nauis per Sebastianum Brant... In laudatissi || ma Germanię vrbe Basiliensi, nup opa & pmoti || one Johannis Bergman de Olpe Anno salutis nrę || Millesimo quatrigentesimo nonagesimo septimo || Kalendis Martiis.* Pet. in-4 de 145 ff. chiffr. et 3 ff. non chiffr. pour la table, fig., vélin.

ÉDITION ORIGINALE LATINE extrêmement rare, imprimée en lettres rondes, du singulier poème de Séb. Brandt : « Das Narren Schyff ». Elle est ornée de 116 belles figures gravées sur bois, commentaires curieux du texte.

Exemplaire incomplet des 3 ff. 13, 14, et 54. Nombreux raccommodages.

262. Fasciculus temporum omnes antiquorum cronicas complectens. (Auctore Wernero Rolewinck, carthusiensi.) *S. l. n. d.*, in-4 goth. de 6 ff. lim. non chiffr. et 90 ff. chiffr., fig. sur bois, mar. rouge, dos orné, dent., tr. dor. (*Rel. anc.*)

Une des rares éditions du « Fasciculus temporum », publiée sans lieu ni date d'impression, mais éditée certainement vers 1485. Elle est ornée au verso du titre d'une grande figure sur bois, qui a été coloriée, et de plusieurs autres petites figures intercalées dans le texte. (Voy. Hain, *Repertorium bibliographicum*, n° 6916.)

263. Le premier [et le second] volume de la Mer des histoires. Auquel et le second ensuyvant est contenu tant du vieil testament que du nouveau toutes les Hystoires, Actes et Faictz dignes de mémoire, puis la creation du Monde jusques en lan Mil cinq cens xxxvi selon la cotte et la datte des ans, ainsi qu'il est briefvement narre es prohesmes du présent volume. *On les vend à Paris au premier pillier en la grand salle du palais pour Gaillot du pre libraire jure de luniversite*, 1536. (A la fin :) *Achevé de imprimer en la ville de Paris par Nicolas Couteau imprimeur, le huytiesme jour du mois de May lan mil cinq cens trente et six*, 2 tomes en un vol. pet. in-fol. goth., fig., mar. rouge, dos orné, dent., tr. dor. (*Rel. angl.*)

Rare et belle édition, de ce livre, l'une des premières conceptions de l'histoire universelle.

Quoi qu'en dise Galliot du Pré dans son avertissement « Aux lecteurs en lamendation de l'œuvre », cet ouvrage n'a pas pour auteur « Brochart homme de grande expertence et scavoir », qui a seulement composé le « Rudimentum noviciorum » formant le début de l'ouvrage. Quant à l'auteur réel, il est resté jusqu'à présent inconnu aux érudits qui se sont occupés de la question. La traduction française, faite sous Charles VIII, est due à « un natif du pays de Beauvoysin » dont on ignore également le nom.

La remarquable illustration de ce beau volume a été faite par un artiste des plus habiles de l'école française du commencement du XVIe siècle. Signalons entre autres les jolies planches de la Terre Sainte (f. 127 du 1er vol), du baptême de Clovis et de la bataille de Fornoue (ff. 48 et 157 du 2e vol.), aussi intéressantes que curieuses pour l'histoire de la gravure en bois.

Les 2 premiers ff. sont plus courts.

264. Cronique et hy || stoire Faicte et composée par feu messi || re Philippe de Commines chevalier, || seigneur Dargenton, contenant les choses advenues || durant le regne du roy Loys unziesme, || tant en Fran || ce, Bourgongne, Flandres, Arthoys, Angleterre, || que Espaigne, et lieux circonvoisins. Nouvellement || reveue et corrigee. Avec la table des chapitres con- || tenus en ladicte Cronique. ℭ *Il se vend a Lyon sur le Rhosne en la || maison Claude Nourry, dit le Prince: au || pres de nostre dame de Confort.* (A la fin:) *Et fut achevee dimprimer le xij*

jour du moys || *Davril Lan mil cinq cens. xxvj* (1526), *par Claude Nourry, dit le Prince :* || *demeurant a Lyon sur le Rhosne pres nostre dame de Confort*, in-4 goth. à longues lignes de 4 ff. lim. et de 108 ff. chiffr., demi-rel. dos et coins de mar. vert.

Cette édition lyonnaise, extrêmement rare, est la cinquième des Mémoires de Commines; la première ayant été publiée à Paris par Galliot du Pré en 1524. Elle est ornée au verso du titre, rouge et noir, d'un très beau bois représentant un prince assis sur son trône et entouré de toute sa cour.

265. Ducum Brabantiæ chronica Hadriani Barlandi item Brabantiados poema Melchioris Barlæi : Iconibus nunc primum illustrata, ære ac studio Joan. Bapt. Urientii : Opera quoque nob. viri Antonii de Succa. *Antverpiæ, in off. Plantiniana, apud Jonanem Moretum*, 1600, pet. in-4, portr. et carte, veau. (*Rel. anc.*)

30 planches de portraits des ducs de Brabant, par *Otho Vænius*, gravées sur cuivre *J. Collaert*, une carte du duché, et une planche d'armoiries du duc Albert d'Autriche, imprimée au verso du titre.

Paris. — Typ. Chamerot et Renouard. 19, rue des Saints-Pères. — 31775.

www.ingramcontent.com/pod-product-compliance
Ingram Content Group UK Ltd.
Pitfield, Milton Keynes, MK11 3LW, UK
UKHW020347180726
13839UKWH00002B/965

9 782329 476308